folio
junior

# Philippe Delerm
# EN PLEINE LUCARNE

**FOLIO** JUNIOR/**GALLIMARD** JEUNESSE

*A mon ancien entraîneur, Roger Gicquel*

*Merci à Christian Tihy, pour ses*
*précieux renseignements*

# Des débuts difficiles

2 à 0 contre nous à la mi-temps. Pour notre premier match de championnat en promotion d'honneur, c'était plutôt raté. Et à domicile encore, sur le terrain d'honneur de Saint-Vincent-des-Bois, en lever de rideau du match des seniors ! Tous les vieux supporters du club étaient venus en avance pour nous encourager. En rentrant au vestiaire, j'avais entendu le père Chicard nous lancer :

– Allez les jeunes, c'est pas fini !

Un peu plus bas, il avait ajouté pour son entourage, en faisant glisser sa casquette sur l'oreille :

– Ça s'voit quand même que le p'tit Romain est plus là !

Et un murmure approbateur avait fait écho derrière lui.

Le père Chicard avait raison, même si ça m'énervait de l'entendre. Pendant toute la première mi-temps, j'avais essayé de solliciter notre nouvel avant-centre, Jeremy, avec ces passes sans contrôle, ces remises en une-deux qui m'étaient naturelles l'année précédente, quand je jouais aux côtés de Romain. Mon « style Zidane », comme disait Christian, notre entraîneur, et j'avais été très fier de l'entendre dire ça, car le joueur du Real était mon modèle secret. En fait, c'était cette façon de jouer qui m'avait fait aimer le foot. Ça, et puis mon entente magique avec Romain, qui s'était peu à peu transformée en amitié, hors du terrain. L'année précédente, notre tandem avait fonctionné à merveille – vingt-cinq buts à nous deux en championnat, dont dix-huit pour Romain. La saison s'était terminée comme dans un rêve. Notre victoire en championnat de première série, avec l'accession en promotion d'honneur cadets, une division difficile à atteindre pour un bourg d'à peine trois mille habitants comme Saint-Vincent ; et puis, pour Romain et moi, cette sélection dans l'équipe des cadets de Normandie. Nous n'avions joué qu'une mi-temps, en quart de finale de la coupe nationale, contre la Franche-Comté. Cela avait suffi pour qu'un entraîneur du FC Sochaux repère notre entente et nous propose d'entrer dans son centre de formation. Les parents de Romain avaient accepté avec enthousiasme. Les miens s'étaient montrés nettement plus réticents. Je n'avais pas fait grand-chose en classe, et devais redoubler ma troisième. Moi-même, je n'avais pas tellement envie de quitter ma vie à Saint-Vincent, mes balades solitaires en forêt, ma chambre, le sourire de Caroline. Pour moi, le foot, c'était ici.

Seulement voilà. Se retrouver en promotion d'honneur sans Romain pour marquer des buts se révélait bien difficile. Dominant le martèlement des crampons sur le sol du vestiaire, la voix de Christian s'éleva :

– Bon, les gars, on savait que ça allait être dur, on y est ! La défense, malgré les deux buts encaissés, c'était pas si mal. Mais l'attaque, ça va pas du tout ! Jeremy, t'es pas tout seul ! Tu dribbles, tu dribbles, mais à chaque fois tu t'retrouves avec trois joueurs sur le paletot, et c'est mort. Et toi, Stéphane ! Faut t'adapter, mon p'tit père. Tu peux pas jouer à une touche de balle, comme si t'étais encore avec Romain.

Le reproche me fit monter une bouffée de sang au visage, mais je ne répondis rien. J'avais bien eu l'impression de ne pas réussir grand-chose, mais c'était dur de se l'entendre dire par Christian devant tous les copains. Et puis, si quelqu'un m'avait encouragé à jouer collectivement, c'était bien lui. De toute manière, j'avais su tout de suite que je ne m'entendrais pas avec Jeremy. Je détestais sa façon de rouler des mécaniques, et d'affirmer à qui voulait l'entendre qu'on ne regretterait pas longtemps notre ancien avant-centre. Il avait une bonne technique individuelle mais, sur le terrain, il ne savait pas lever la tête et s'enferrait dans des actions personnelles.

Pendant le reste de la mi-temps, je restai assis dans mon coin en suçotant la peau de mon orange. L'année s'annonçait mal ! Je perdais mon meilleur copain, l'équipe démarrait en catastrophe, et en plus j'en étais en partie responsable ! Mais au moment de revenir sur la pelouse, Christian me prit à part :

– Te monte pas le bourrichon pour ce que je t'ai dit tout à l'heure ! Le vrai problème, tu le connais comme moi. Mais si tu peux marquer un ou deux buts en gardant davantage le ballon, te gêne pas !

Et il me laissa partir avec une petite claque amicale dans le dos qui me réconforta. Au sortir des vestiaires, l'éclat du soleil faisait cligner des yeux. C'était un de ces dimanches de septembre lumineux et doux qui font penser encore aux vacances, et y ajoutent quelque part des odeurs de pomme et de rentrée des classes. Mais les joueurs de Brétigny ne semblaient pas sensibles au romantisme de ce début d'automne. Dès le coup d'envoi de la deuxième mi-temps, ils se ruèrent à l'assaut des buts de Mickaël, notre gardien, avec le désir évident de nous porter le coup de grâce. Il faut dire que Brétigny est la ville la plus proche de Saint-Vincent, et il y a toujours eu une rivalité entre les deux équipes. A tort ou à raison, les joueurs de Brétigny ont la réputation de ne pas être des tendres, de « mettre la semelle » comme on dit, et les derbys Brétigny-Saint-Vincent sont souvent assez musclés. Cette fois-ci, nos adversaires n'avaient pas besoin de se montrer brutaux pour nous donner le tournis. Un peu trop sûrs de leur fait, ils se découvraient même imprudemment en défense. Sur un long dégagement de Mickaël, nous nous retrouvâmes à trois attaquants contre deux défenseurs. Un cafouillage s'ensuivit dans la surface de réparation de Brétigny, et Jeremy en profita pour glisser la balle au fond des filets : 2-1 en début de seconde mi-temps, c'était encore jouable.

Le but de Jeremy n'était pas un grand exploit. Mais sa façon de manifester sa joie fut complètement ridicule. A la manière des professionnels des grandes équipes, il se laissa glisser à genoux sur le gazon, les poings tendus vers le ciel. David et Antonin s'agenouillèrent près de lui pour le féliciter. Ça, je savais que ça n'allait pas plaire à Christian. A l'entraînement, il nous répétait toujours qu'il ne fallait pas singer les vedettes, mais se contenter de les imiter par leurs bons côtés. Dans les tribunes de Saint-Vincent, ça ne plaisait d'ailleurs à personne, et on entendit la voix caverneuse du père Chicard dominer une rumeur moqueuse :

– Hé les gars, on n'est pas à Télé-Foot !

Vous feriez mieux d'en marquer un autre, au lieu de vous faire des câlins !

Et un éclat de rire général peu charitable pour nous suivit ses propos.

– Arrête ton chiqué, tu vas nous rendre complètement ridicules ! fis-je en m'approchant de Jeremy pendant l'engagement.

– Toi on t'a pas sonné, rétorqua-t-il en remettant en place sa mèche décolorée. File-moi déjà des bons ballons, ça nous changera !

Je haussai les épaules sans répondre. Des bons ballons ! Comment lui en fournir ? Il n'avait ni assez de vitesse pour s'engager dans les espaces libres, ni cette technique propre à l'avant-centre qui consiste à jouer dos au but, en redistribuant le jeu. Et quand j'avais tenté un centre en retrait, il avait été tellement surpris de ne pas me voir tirer à angle fermé qu'il avait carrément shooté à côté de la balle. Mais l'heure n'était pas à faire de la théorie. La pression de Brétigny avait repris de plus belle et, très vite, nous concédâmes un troisième but malgré un beau plongeon de Mickaël.

Cette fois-ci, Christian nous fit venir tous au bord de la touche.

– Écoutez, si on continue comme ça, on en

prend dix ! Il faut limiter les dégâts. Jeremy, tu sors !

Stupéfait, notre nouvelle « vedette » prit un air hébété, comme s'il avait du mal à comprendre qu'il s'agissait bien de lui. Puis, furieux, il enleva son maillot, le jeta à terre, et s'éloigna vers les vestiaires avec un geste de dépit. Le regard que lui lança Christian était dépourvu de toute tendresse. On entendrait reparler de cette petite histoire ! Mais pour l'heure, il y avait mieux à faire :

– Oui, reprit notre entraîneur, j'enlève un avant, et je fais rentrer un milieu de terrain. Vous jouez groupés au maximum, et en attaque, vous mettez tout sur Stéphane jusqu'à la fin du match !

Nous nous attendions tous à voir rentrer Jérôme, qui remplaçait souvent un joueur en cours de match l'année précédente. Mais à notre grande surprise Christian se tournant vers le banc de touche, lança :

– Artun, allez, tu enlèves ton survêt, c'est toi qui joues !

Artun, personne ne le connaissait vraiment, dans l'équipe. Il était venu pour la première fois à l'entraînement le mercredi d'avant. On savait juste qu'il habitait la maison forestière, que son père était turc, et bûcheron. Au collège, on l'avait mis en quatrième, parce qu'il ne maîtrisait pas assez le français pour évoluer dans sa classe d'âge normale. Il était épais comme une crevette, mais après le premier cours d'éducation physique, tout le monde avait dit qu'il possédait une endurance extraordinaire, et qu'il ne fallait pas aller chercher ailleurs le futur vainqueur du cross du collège.

Dès son entrée sur le terrain, Artun confirma au-delà de toute espérance sa réputation de coureur à pied. Avec ses jambes nerveuses trop petites pour le short blanc, avec sa silhouette basanée, ses cheveux noir de jais, il était partout à la fois, récupérant un nombre de ballons incroyable. A la relance c'était un peu moins brillant, car il ne semblait pas être un technicien exceptionnel, mais son activité débordante donna un coup de fouet à l'équipe. Pour ne pas être en reste, chacun se mit à courir un peu plus vite, à tacler avec davantage de conviction. Les joueurs de Brétigny obtenaient moins de contres favorables, et n'exerçaient plus en milieu de terrain cette domination qui tournait à la démonstration.

En attaque, toutefois, ce n'était pas facile d'utiliser les ballons ainsi récupérés. Contraignant ma nature pour obéir aux ordres de Christian, je m'étais lancé dans des actions individuelles, mais, en face, les défenseurs de Brétigny commençaient à justifier sérieusement leur réputation de brutalité. Chaque fois que j'approchais de la surface de réparation, j'étais carrément descendu, par derrière de préférence. Heureusement nous jouions à la maison, et les supporters de Saint-Vincent huaient vigoureusement les fautes de nos adversaires.

C'est peut-être pour cela que l'arbitre nous accorda une quantité généreuse de coups francs intéressants. Mais là, l'absence de Romain nous fit cruellement défaut. Si j'avais mérité le surnom de « Zidane » par mes qualités de remiseur, Romain s'était quant à lui fait souvent traiter de « Platini » grâce à son art d'exécuter les coups francs, surtout ceux situés légèrement à gauche de la surface. Antonin voulut tirer le premier coup franc direct, mais sa lourde frappe d'arrière central s'envola dans les nuages. Je shootai donc les suivants, mais mes tirs, bien placés, manquaient de puissance, et le gardien de Brétigny les arrêta sans difficulté.

Le temps tournait. Certes, nous faisions meilleure figure, certes le père Chicard et le coiffeur Popaul Lechanois nous encourageaient au lieu de nous chambrer comme en première mi-temps, mais le score restait identique. Nous ne pouvions plus gagner. Soudain à deux minutes de la fin, Artun récupéra une fois de plus un ballon trop mollement donné par un joueur de Brétigny. Sous le chaud soleil de septembre, personne n'avait plus de jambes, mais Artun, lui, continuait son marathon. Sans réellement les dribbler, il prit de vitesse un, deux, trois joueurs adverses, avant de me passer le ballon. Fut-ce la fatigue qui m'empêchait de courir ou un vieux réflexe retrouvé ? Toujours est-il que j'effectuai sans contrôle une talonnade en pleine surface de réparation. C'était un peu absurde : j'étais désormais le joueur le plus en pointe et nous n'avions plus d'avant-centre. Je regrettai aussitôt mon geste, mais en me retournant, je vis à ma grande surprise Artun récupérer ma passe, et venir tromper de près le gardien de Brétigny. Incroyable ! Il avait traversé la moitié du terrain, mais poussé par une espèce de sixième sens que sa technique plutôt fruste ne laissait pas espérer, il avait poursuivi sa course, avec une chance minime de voir revenir le ballon. Nous échangeâmes un clin d'œil et une tape amicale dans la main qui fut notre premier signe d'amitié. 3-2 en promotion, contre une ville trois fois plus importante que Saint-Vincent : l'honneur était sauf, et nous eûmes tous droit aux encouragements des supporters, et même aux félicitations de Christian pour notre seconde mi-temps.

Évidemment, il y en avait un qui l'avait moins appréciée. Sanglé dans son blouson de basket américain, assis nonchalamment sur le scooter d'un de ses copains, Jeremy, pour briller aux yeux de deux filles débiles qui gloussaient près de lui, crut bon de lancer très fort en imitant l'accent des officiers nazis :

– *Achtung*, Artun, l'invasion turque est commencée !

# Une lettre de Romain

C'est le mardi suivant que je reçus la première lettre de Romain. A côté du timbre, la flamme vantait les mérites de la saucisse de Montbéliard. Et puis il y avait cette écriture, que je n'avais vue jusqu'alors que sur des rédactions ou des devoirs de maths. J'ouvris l'enveloppe avec des sentiments mitigés. Bien sûr, j'avais envie que ça se passe bien pour Romain au centre de formation. En même temps, je ne pouvais m'empêcher de déplorer son absence. Avec lui, même en promotion d'honneur, Saint-Vincent s'en serait tiré. Mais surtout, cela me serrait le cœur de penser que j'aurais pu être à ses côtés, là-bas, un peu plus près de nos rêves les plus fous.

Comme pour aviver mes regrets, Romain avait utilisé un papier à lettres très officiel, balafré de jaune et bleu, aux couleurs du FC Sochaux : il faisait bien partie désormais d'un autre monde.

*Sochaux, le 18 septembre*

*Cher vieux Stéphane,*

*Il me semble que j'ai quitté Saint-Vincent depuis une éternité. Tout va tellement vite ici ! Il faut suivre le rythme : seize heures d'entraînement hebdomadaire, au lieu de nos deux petites séances avec Christian ! La première semaine, j'étais complètement rincé, mais tous les joueurs de première année semblaient dans le même état. Il y en a de sympa. Ils viennent de partout en France : Bordeaux, Toulon... Il y a même un gars qui arrive du Ghana ! Je profite du dimanche soir pour t'écrire un petit mot.*

*Hier, nous avons disputé notre premier match. C'est un super championnat, et on ne rencontre que des équipes de niveau national. Hier, c'était chez nous, à Bonal, contre Mulhouse, en lever de rideau de Sochaux-*

Saint-Étienne. C'est incroyable de jouer dans cette ambiance. On n'entendrait même pas les vannes du père Chicard! On a gagné 3-2. J'ai planté mon but! Juste au début de la deuxième mi-temps. Un bon coup franc, un poil à gauche, comme je les aime. A part ça, j'ai été plutôt discret, mais M. Coquelin, l'entraîneur, était satisfait. C'est un ancien joueur pro. Pas un marrant. On n'aurait pas l'idée de l'appeler par son prénom. Sur le terrain, tu aurais été à l'aise, car ça joue super collectif. On a même l'impression que personne n'ose vraiment montrer ce qu'il sait faire, balle au pied. Mais ce qui change surtout, c'est la manière de jouer sans ballon. Il faut faire le pressing tout le temps. Moi qui n'aimais pas courir...

Enfin, je vais te laisser, j'ai encore un exercice de comptabilité pour demain. Ma chambre n'est pas très gaie, avec un papier à fleurs super kitsch. Mais je vais mettre des posters. Envoie-moi des nouvelles de Saint-Vincent, et raconte-moi vos débuts en championnat.

Salut à toute l'équipe et à Christian.

*Romain*

Je restai un bon moment devant la fenêtre de ma chambre, la lettre de Romain entre les mains. J'éprouvais un sentiment bizarre. L'avant-veille, à Télé-Foot, j'avais vu les images de Sochaux-Saint-Étienne, au stade Bonal – un de ces noms de stade familiers qui revenaient toujours dans les commentaires : « Ici le stade de l'Abbé-Deschamps, ici le stade Geoffroy-Guichard, ici le stade Bonal, ici le stade de la route de Lorient... » Romain s'était considérablement rapproché de cet univers qui nous avait toujours semblé lointain, inaccessible. Il avait joué sur la pelouse du stade Bonal, dans le nuage des fumigènes, juste avant un match de première division ! Et dire que j'aurais pu être à ses côtés, que nous aurions peut-être tenté et réussi une de nos combinaisons secrètes devant des milliers de spectateurs !

Par ailleurs, Romain ne me disait pas grand-chose de sa vie quotidienne, mais je la devinais un peu, à travers son allusion au papier peint de la chambre, à la sévérité de son entraîneur, et ce côté caché de sa nouvelle existence me tentait beaucoup moins. Sochaux, c'était si loin de la Normandie ! J'imaginais du froid et de la pluie, mais pas de la pluie comme chez nous, pas de la pluie qui sentait les champignons de la forêt : une pluie de ville, toute grise au-dessus des usines. De plus, Romain avait dû s'inscrire à un BEP de comptabilité, parce que c'était la voie suivie par la plupart des stagiaires... au cas où le foot ne marcherait pas pour eux. Des professeurs venaient leur donner des cours, au centre de formation, et cela devait paraître étouffant de toujours rester dans le même lieu, avec les mêmes copains, en sachant que seuls deux ou trois d'entre eux réussiraient vraiment à devenir professionnels.

Pour moi, le problème ne se posait pas. Je redoublais ma troisième au collège de Saint-Vincent, avec une réputation de flemmard sympathique qui me collait à la peau. En faisant son premier appel, la prof de maths, Mme Duval, ne m'avait pas loupé :

– Chatel Stéphane ! Une vieille connaissance ! Comptez-vous cette année vous consacrer un peu à la géométrie, ou bien la lecture de *L'Équipe* vous prendra-t-elle tout votre temps ?

Il avait fallu faire semblant de trouver ça drôle, devant tous les nouveaux, dont la plupart mesuraient dix centimètres de moins que moi. Le collège de Saint-Vincent est tout petit, et presque tous les profs me connaissaient. Chacun d'eux avait eu le loisir de mesurer la distance qui me séparait, scolairement, de mon frère Michel, ex-honneur du collège, à présent élève dans une école d'ingénieurs, à Caen. Michel, je l'aimais bien, peut-être justement parce qu'il était très différent de moi, tout à fait intello, pianiste à ses heures, et pas du tout sportif. Mais au collège, c'était plutôt pénible de m'entendre comparer à lui à la moindre occasion.

Dès la sixième, les petites phrases avaient commencé : « Ce n'est pas votre frère qui… » Depuis, j'avais cultivé mes différences. Un peu trop, car à présent j'étais largué dans de nombreuses matières, et c'était difficile de se raccrocher aux branches. L'avenir me paraissait sombre, après l'euphorie de mes succès au foot, l'année d'avant. Mes parents étaient persuadés que j'avais surtout la motivation de devenir un bon élève, de passer en seconde, mais ils avaient du mal à comprendre que ce n'était pas facile d'abandonner sa peau de cancre. Au foot, je ne me faisais pas d'illusion : l'équipe allait être dominée en championnat, et je n'avais plus grande chance d'être sélectionné en équipe de Normandie cadets. En plus, on savait à la ligue que j'avais refusé d'intégrer un centre de formation, et ce genre de réaction était toujours mal vu.

Il me restait certes une autre raison de croire à la douceur de l'existence, à l'intérêt de la vie au collège, mais cette raison-là devait s'évanouir vite. C'était pourtant une très jolie raison, avec des yeux verts, des cheveux d'un blond roux qui allait bien à l'automne. Elle s'appelait Caroline. L'année précédente, Caroline était dans ma classe, et elle aussi devait redoubler. Pendant presque toute l'année, nous ne nous étions pas adressé un mot. Mais un jour du mois de mai, nos regards s'étaient croisés, d'un bout à l'autre de la classe, pendant un cours de biologie. Un regard un peu étrange, un regard lent et grave, un regard secret. Au fil des cours, c'était devenu pour nous un jeu mystérieux et important. A la récré comme pendant la classe, nous nous tenions très loin l'un de l'autre, et tout à coup, avec une complicité facile, nos regards se levaient, se trouvaient.

Parfois, il y avait au bout un début de sourire, à peine. Mais il fallait que personne d'autre ne le voie. Pendant les vacances, Caroline était partie à la mer, et pendant tout l'été j'avais été très amoureux. Assis sur l'herbe, à la fin des parties de foot, je ne répondais plus aux questions des copains. Dans mes maraudes du petit matin à travers la forêt, quand j'avais débusqué des biches ou des sangliers, je revenais en marchant tout doucement, et je regardais au bout des allées cavalières un petit cercle de lumière où Caroline allait surgir, peut-être.

Ce lien fragile, ce rêve de silence qui m'attachait à Caroline, c'était très important pour moi, bien plus que le foot ou le FC Sochaux. Mais le jour même de la rentrée, tout s'était volatilisé. Le matin, on avait appelé Caroline dans l'autre troisième. A la récré, mon regard avait en vain cherché le sien. Elle était très belle pourtant, avec son bronzage d'été, et une joie un peu voyante et tapageuse qui ne lui ressemblait pas vraiment. Et le soir, avant que les cars de ramassage ne soient partis, je l'avais vue quitter le collège sur la mob de ce crétin de Jeremy.

# Un football
## très particulier

Oui, une rentrée plutôt triste, et sur tous les plans. Michel parti dans son école d'ingénieurs à Caen, la maison me semblait vide, surtout avec ce piano fermé trop laqué, trop noir, trop brillant, d'où ne montaient plus les airs de ragtime que j'aimais bien. Caroline s'affichait partout dans Saint-Vincent avec Jeremy. Ils s'enlaçaient sur la place de la Poste, en bas des marches de l'église, et s'embrassaient longuement dans tous les lieux les plus voyants. Je connaissais ce genre de cinéma, fait davantage pour le regard des autres que pour exprimer une passion profonde. Mais c'était Caroline, et c'était Jeremy. Quand je passais près d'eux, il abandonnait ses pratiques amoureuses pour me toiser d'un air narquois.

Au club, nos affaires ne s'étaient pas arrangées. Christian avait exigé des excuses de Jeremy pour ses manifestations de mauvaise humeur, quand il avait été sorti. Mais ce dernier, au lieu de faire amende honorable, avait déclaré que c'était débile de se priver d'un joueur qui venait de marquer un but. Ce n'était pas le style de Christian de laisser passer ça. Il était très près de nous, très amical, mais ne supportait pas qu'on lui manque de respect. Jeremy s'était fait exclure du club. Plus grave peut-être, il avait entraîné avec lui Antonin et Jérôme, qui n'avait pas apprécié de se voir préférer Artun. Tous trois avaient abandonné le football pour faire vrombir leur mobylette à longueur de soirée, et chahuter devant les cabines téléphoniques avec des filles que je n'aimais pas, et dont Caroline faisait hélas partie désormais.

Ils devaient bien s'ennuyer un peu, car une de leurs distractions favorites consistait à venir nous narguer, lorsque nous faisions un match à Saint-Vincent. Ce n'était pas très difficile de trouver là des sujets de moquerie. L'équipe décimée prenait l'eau, et engrangeait défaite sur défaite. Mickaël, pourtant, faisait des prodiges dans sa cage, mais le gabarit d'Antonin nous manquait en défense centrale. Au milieu du terrain, Artun continuait à progresser, mais il était bien esseulé, comme moi en attaque. Et puis c'était démoralisant d'entendre la bande de Jeremy s'esclaffer dès que nous prenions un but. Chaque fois qu'un ballon arrivait, j'avais droit à des quolibets, et quand je revenais en défense, Antonin ou Jeremy clamaient haut et fort que sans mon petit copain Romain je ne valais « plus un coup de cidre ».

Mais c'était Artun qui était le plus visé, sans doute parce que son entrée dans l'équipe avait correspondu à l'exclusion de Jeremy. Les plaisanteries racistes les plus bêtes et les plus primaires accompagnaient chacune de ses actions, et plus d'une fois je dus intervenir pour l'empêcher de tout plaquer là et d'aller envoyer un coup de poing dans la figure de Jeremy. Mais il ne fallait pas lui faire ce plaisir : faire éclater un scandale sur la pelouse de Saint-Vincent était ce qui pouvait arriver de pire à L'équipe.

Le racisme dont les « Jeremy boys » faisaient preuve à l'égard d'Artun était d'autant plus imbécile que Mickaël, par exemple, qui se nommait Oumchèche et dont le père était algérien, ne s'était jamais fait ennuyer à cause de la couleur de sa peau ou de ses origines musulmanes. Mais Artun était turc. Il n'y en avait presque pas à Saint-Vincent. De plus, les Turcs vivaient à l'écart, rassemblés dans la maison forestière, et leur métier de bûcheron devait être pour quelque chose aussi dans ce mépris que la bande de Jeremy témoignait à Artun. Alors, de plus en plus, Artun faisait semblant de ne rien entendre, et poursuivait son bonhomme de chemin. Au foot, il s'imposait avec aisance au fil des matchs. Au collège, ses difficultés en français avaient d'abord suscité quelques rires, mais tout le monde commençait à dire qu'il était très intelligent, et de loin le meilleur en maths de sa classe.

Nos difficultés avec la bande de Jeremy, notre complicité sur le terrain, les rares fois où il était possible de construire une attaque, nous avaient rapprochés. Mais c'est au club foot du collège que commença vraiment notre amitié. C'était la première année où, parmi les activités qui nous étaient proposées à l'inter-classe de midi, après la cantine, figurait un club football. D'habitude, il y avait seulement la chorale, le club théâtre, ou les jeux d'échecs et de Scrabble. Ma passion pour le foot n'était pas la seule raison pour laquelle j'avais décidé de m'inscrire à ce club. J'éprouvais plutôt de la lassitude à l'égard de mon sport favori. Il n'était évidemment pas question d'abandonner l'équipe de Saint-Vincent – je ne pouvais pas faire ça à Christian – mais dans l'ambiance de ce début de saison, sans réel espoir d'avenir, ma motivation pour ce sport avait sensiblement fléchi. Non, ce qui me poussa à participer au club foot, ce fut la personnalité inattendue de son animateur.

Quand j'avais vu sur le tableau noir, dans le hall, le nom de M. Fournier en face de l'activité « football », j'avais été plutôt surpris. M. Fournier était mon nouveau prof de français. Il était jeune, venait de la région parisienne, et comme première rédaction, précisément, il nous avait donné ce sujet : « Mon professeur arrive de Paris. Je lui décris un lieu de la région, et je lui donne envie d'y aller. »

La plupart des élèves avaient trouvé que

c'était un sujet bateau, et ils avaient parlé d'un des grands « classiques » touristiques du coin : la maison de Monet à Giverny, le port d'Honfleur, ou l'abbaye du Bec Hellouin. Moi, je n'avais pas vu le devoir comme ça. Sans que je sache trop pourquoi, la façon d'être de M. Fournier me mettait en confiance. J'avais senti qu'il n'avait pas envie d'un dépliant publicitaire, mais d'une évocation personnelle qui puisse lui donner quelques repères dans cette région qu'il découvrait.

Aussi lui avais-je parlé de cette chapelle abandonnée, cachée au plus profond de la forêt, qui était pour moi un endroit secret. Je l'avais découverte un jour par hasard, en me perdant, et pendant très longtemps, je n'avais pas su la retrouver. Par la suite, quand j'avais apprivoisé les sentiers qui menaient à la cha- pelle, j'étais venu là souvent, quand j'avais envie d'être seul. Un matin très tôt, j'y avais même vu des biches. La chapelle était en par- tie détruite, mais il y avait à l'intérieur des coins d'ombre où l'on pouvait s'asseoir, et regarder danser le vert des arbres par les fenêtres ogivées, dont les vitraux avaient disparu.

J'avais toujours été mauvais en rédaction, comme partout. Je ne lisais pas de livres. Seulement des articles sportifs, dans *L'Équipe* ou *Paris-Normandie*. Mais là, pour la première fois, je n'y songeai même pas en faisant mon devoir. M. Fournier était nouveau. Il ne m'avait pas classé d'avance, comme les autres profs. A l'oral, il m'avait déjà encouragé, quand je participais à une explication de texte. Pour répondre à ses questions, il n'y avait pas besoin de grandes connaissances. Il suffisait de sentir quelque chose, et si l'on osait parler, on avait gagné d'avance. Alors voilà, pour ce premier devoir écrit, je n'avais pas eu l'impression de faire une rédaction, mais l'envie de dire un peu ma vie, avec soudain le sentiment qu'elle pouvait intéresser les autres. 13 à ma première rédac, malgré des fautes de syntaxe et beaucoup de fautes d'orthographe, cela aussi avait été nouveau pour moi ! Mais ce qui me fit le plus plaisir, ce fut de voir M. Fournier s'approcher de moi, le lundi suivant, à la fin du cours, et me glisser :

– Les renseignements étaient bons. Je l'ai trouvée, ta chapelle. Et aussi un plein panier de cèpes, juste à côté.

J'étais resté penaud, sans rien trouver à répondre. Parler avec les profs après les cours, ce n'était pas trop mon style. Mais, depuis, ma façon de voir l'école avait un peu changé. Si je pouvais être assez bon en français, cela serait peut-être possible de limiter les dégâts en histoire-géo, en anglais... Et tant pis si les maths restaient encore indéchiffrables...

M. Fournier devait vraiment être passionné de foot, car il avait proposé deux clubs : un pour les sixièmes et cinquièmes, le mardi, et l'autre le jeudi, pour les quatrièmes et troisièmes. Avec les petits, il avait été un peu débordé par le succès, mais pour les grands, une douzaine seulement de candidats s'étaient présentés, et c'était très bien comme ça. Il s'agissait de jouer indoor, dans le gymnase. M. Fournier avait fait acheter un ballon conçu spécialement pour ce genre de jeu ; la surface en était couverte d'un revêtement légèrement pelucheux pour atténuer la brutalité des chocs. L'idée de jouer avec le prof de français me séduisait, mais ce qui me plut davantage encore, c'étaient les règles de ce football un peu particulier, que nous allions pratiquer sur les limites du terrain de hand-ball. D'abord, le gardien n'avait pas le droit de dégager au-delà de la ligne médiane, ce qui obligeait à commencer une action construite, avec un arrière démarqué. Ensuite, on ne pouvait pas tirer au but avant d'avoir atteint la zone des neuf mètres, ce qui éliminait les boulets de canon effectués de loin. En consé-quence, le football pratiqué était très rapide et collectif. Les une-deux, les redoublements de passe constituaient la tactique la plus effi-cace pour s'approcher des buts adverses, et si ce genre de jeu demandait des qualités tech-niques, il exigeait surtout une bonne vision des actions et des déplacements sur le terrain. A l'inverse du « vrai » football, on courait rarement pour rien, et les appels de balle étaient récompensés.

Artun se montra vite excellent dans cette formule. Il avait tout pour y réussir : la vitesse des jambes, et une très bonne intelligence du jeu. Les éléments techniques qui lui man-quaient n'étaient plus des handicaps : le dribble ou le crochet, qui permettent sur un terrain réglementaire d'éliminer un adver-saire direct, n'auraient fait que retarder les actions ultra-rapides nécessitées par ce football en salle.

Chaque semaine, on changeait la composition des équipes, mais je m'arrangeais le plus souvent pour me retrouver avec Artun. Sur un terrain aussi petit, il n'y avait plus de défenseurs ni d'attaquants, et nous prenions un grand plaisir à courir comme des fous aux quatre coins du gymnase, et à nous passer la balle dans un mouchoir de poche. C'était cela que j'aimais dans le football, et qui me manquait beaucoup depuis le départ de Romain : une espèce de langage muet, d'amitié en mouvement.

Quant à M. Fournier, il avait commencé par arbitrer les matchs, mais bientôt il avait prétexté l'absence de Julien pour entrer dans une équipe, et il n'avait pas quitté sa place quand Julien était revenu la semaine suivante. Il ne jouait pas vraiment bien – pour les contrôles ou les jonglages, la plupart de ceux d'entre nous qui évoluaient dans une équipe lui étaient nettement supérieurs – mais il avait un bon sens collectif. Très vite, il avait apprécié cette façon qui m'était naturelle d'orienter le jeu sans contrôle, lançant un partenaire dans l'espace libre dès que j'étais en possession du ballon.

Pour les deux premiers matchs, il avait arrêté la séance dix minutes avant la reprise des cours. Mais, au fil des jeudis, le coup de sifflet final se faisait de plus en plus attendre. Juste après, il avait cours de français avec ma classe, et cela m'amusait de le voir arriver en salle 208, tout rouge et décoiffé, pendant que M. Travers, lui lançait en souriant :

– Alors, monsieur Fournier, vous avez encore laissé les arrêts de jeu ?

C'était beaucoup plus une plaisanterie qu'un reproche, car tout le monde au collège semblait apprécier l'arrivée de M. Fournier. Il n'était pas comme ces « turbo-profs » qui nous tombaient quelquefois de Paris avec pour seule obsession de ne pas manquer leur train du soir et de quitter Saint-Vincent au plus vite. Pour moi, sa présence était devenue très importante. En français, je prenais confiance en moi. Au club foot, je sentais que M. Fournier avait même une espèce d'admiration pour mon style de jeu. Nous échangions de temps en temps des commentaires sur les matchs internationaux qui étaient diffusés à la télévision, et nos avis se rejoignaient.

Grâce au club foot, je m'étais beaucoup rapproché d'Artun. Souvent, nous passions nos récrés ensemble. Il me demandait des bouquins, s'étonnant que je ne me passionne pas davantage pour la lecture. Lui, il était passionné par tout, et ses progrès en expression m'épataient encore plus que ses succès au foot. Un peu vexé, j'avais commencé à lire mes romans avant de les lui prêter. Bref, avec M. Fournier, avec Artun, la vie au collège s'éclairait, même si cela n'empêchait pas un petit pincement de cœur quand j'apercevais Caroline. Et si l'équipe de Saint-Vincent n'avait pas été dernière du classement de promotion d'honneur, tout serait allé presque bien.

# Une invitation
## chaleureuse

Pendant les vacances de Toussaint, Artun m'invita à passer une journée chez lui. Nous nous étions déjà donné rendez-vous en forêt plusieurs fois le mercredi matin. Les refuges des biches et des sangliers ne connaissaient pas de secret pour nous. La forêt de Saint-Vincent est immense, et touche au bourg, juste après le passage de la Risle. Les chênes, les pins, les hêtres et les bouleaux s'y mêlent ou s'y succèdent, composant des horizons variés qui sont autant de mondes différents, très sombres sous les pins, d'une solennité impressionnante sous les hêtres, ou plus riants sous les bouleaux. En semaine, passé la chasse à courre du mardi, on n'y rencontre que le garde-chasse, quelque bûcheron, ou le père Charpentier, infatigable chercheur de champignons, sillonnant les allées avec son vieux vélo à sacoches. Partager cet univers avec un copain était pour moi un plaisir tout nouveau.

A la maison, on s'était montré plutôt étonné, quand j'avais dit que les Halic m'avaient invité à déjeuner.

– Les qui ? avait demandé ma mère en faisant la grimace.

– Les Halic, avais-je répondu d'un ton d'évidence, avec la sensation de produire mon effet.

Personne à Saint-Vincent ne connaissait les parents d'Artun. On savait plus ou moins que trois familles de bûcherons turcs avaient été entassées dans la maison forestière. On apercevait les hommes, au hasard d'une promenade dominicale en forêt, mais les femmes ne sortaient pas. Recevoir de ces gens-là une invitation à déjeuner avait un petit air incongru dont j'étais assez fier. Depuis quelque temps, je m'étais pas mal documenté sur la Turquie. A la Maison de la Presse, j'avais trouvé un bouquin sur le sujet, et je comptais bien étonner Artun en plaçant quelques mots dans sa langue, ce jour-là.

Il faisait très beau, plein soleil sur les couleurs d'octobre. L'automne vient toujours un peu plus tard qu'on ne le croit. Dès la rentrée scolaire on en guette les signes, mais le plein automne de la forêt, la période magique où elle devient pour quelques jours une cathédrale d'or, commence à l'extrême fin d'octobre. Il ne faisait pas chaud à 9 heures, près du rond de la Mare aux saules où nous nous étions donné rendez-vous. Avec Artun, nous aimions bien échanger comme des mots de passe ces noms d'allées, de carrefours, qui éveillaient en nous des paysages : Étoile du Houx, chemin de la Butte Dampierre, allée de la Verrerie, rond Boisgelin... En soufflant devant nous des petits nuages dans l'air vif, nous commençâmes à sillonner la forêt. Quittant les chemins tracés pour avancer au cœur des crosses recourbées des fougères, nous trouvâmes vite des traces de passage de biches. Mais il nous fallut marcher longtemps pour en repérer un groupe, tout à fait à la lisière, au-dessus de la ferme du Val Pomerand. Un cerf, trois biches et quelques faons broutaient là, sous le couvert, juste au-dessus des champs. Allongés sur la mousse, nous les regardions sans nous lasser. Plus loin, la ferme médiévale fortifiée, avec ses toits courbes, ses colombages, ses fours à pain, se découpait comme un décor de cinéma le long des méandres de la Risle. Après le départ des animaux, nous restâmes là un bon moment, assis en tailleur à discuter, dans la première chaleur du soleil.

– Oui, si Romain était là, je crois que nous aurions notre chance, cette saison. Je suis sûr que tu te serais très bien entendu avec lui...

– Sans doute, répondit Artun. Et j'espère bien le rencontrer, quand il reviendra à Saint-Vincent. Tu m'as dit à Noël?

– Oui, on leur donne un mois de vacances autour de Noël, au centre de formation. Un mois, c'est sympa, mais pour y arriver cela doit lui sembler un peu long.

Artun semblait perdu dans ses pensées. Fixant la ferme au loin, il finit par me confier :

– Pour l'équipe, tu as sûrement raison. Avec Romain, on pouvait au moins espérer... comment dit-on? oui, se maintenir, c'est ça, se maintenir en promotion d'honneur...

Mais après une hésitation, il ajouta :

– Et pourtant, si Romain était là, je ne serais

peut-être jamais entré dans l'équipe. Souviens-toi, au début de la saison... Si Christian n'avait pas sorti Jeremy... Finalement, je l'aime bien ce Jeremy. C'est à lui que je dois ma place !

Cette réflexion saugrenue nous fit sourire tous deux. Pendant un bon moment nous ne dîmes plus rien. Assis face à la vallée, les genoux contre les épaules, nous regardions les dernières écharpes de brume s'évanouir dans la lumière, au-dessus de la Risle. C'était très beau, cette ferme ancienne aux colombages de bois chaud, dans la rousseur des fougères, avec ce petit voile qui demeure suspendu dans l'atmosphère, aux plus beaux jours d'octobre.

– Allons ! le soleil est déjà haut. Si nous attendons encore, les *köfte* seront trop cuites ! fit Artun.

Nous prîmes donc le chemin de la maison forestière. Une timidité soudaine me gagnait, à l'idée de découvrir la famille d'Artun. Sans doute étais-je le seul habitant de Saint-Vincent à qui les Turcs aient proposé pareille invitation. Sur le coup, je n'avais ressenti que la confiance et l'amitié ainsi témoignées par mon compagnon. Mais je commençais à me dire que tout ne serait pas si facile.

De fait, les premières minutes que je passai dans la maison forestière furent particulièrement guindées, cérémonieuses. Hommes et femmes étaient tous rassemblés dans la grande pièce à vivre où flambait un immense feu de cheminée. Artun me présentait à ses parents, à son oncle, à sa tante, et aux amis qui partageaient la maison avec eux. Heureusement, je connaissais déjà Yeshar et Nacer, les deux cousins d'Artun, qui étaient au collège en sixième : deux irrésistibles petites boules brunes aux cheveux hérissés, aussi grassouillets que leur cousin demeurait mince. Ils s'étaient déjà faits une réputation d'adorables loustics, et leur regard malicieux trahissait davantage l'envie de faire des bêtises que celle d'acquérir la culture française. Artun les réprimandait souvent, un peu honteux de voir donnée à travers eux ce qu'il jugeait une mauvaise image de ses compatriotes. Mais pour l'heure, les fous rires de Yeshar et Nacer étaient les bienvenus. Était-ce ma présence qui glaçait tout à coup l'atmosphère de la maison, ou bien cette gravité silencieuse faisait-elle partie des habitudes ? Seuls M. Halic et son frère connaissaient assez de français pour me parler directement, avec un tel accent que je n'y entendais goutte, mais pour rien au monde je ne leur aurais fait répéter leurs propos. Quant à moi, mes belles résolutions d'étonner le monde avec les mots appris par cœur dans mon bouquin s'etaient envolées. Artun traduisait ce que disaient sa tante, sa maman. Je hochais vigoureusement la tête en signe d'approbation.

Je me sentais horriblement gêné, ce qui favorisait l'hilarité de Yeshar et Nacer. On me désigna une place, entre Artun et son père, le long de la longue table paysanne dressée au milieu de la pièce. Tous les hommes étaient installés d'un côté ; de l'autre, près du feu, les femmes ne s'asseyaient que par intermittences, se relevant aussitôt pour quelque tâche culinaire. Au fumet parfumé qui montait dans la pièce, à la richesse colorée des plats apportés sur la table, je compris qu'on me faisait grand honneur, ce qui n'était pas fait pour dissiper ma timidité.

– *Lahana dolmasi !* me fit M. Halic en me désignant le plat dont le parfum épicé s'exhalait devant moi.

– Ce sont des feuilles de choux farcies avec du riz au piment, m'expliqua Artun. Sers-toi, tu vas voir, c'est très bon !

Tout le monde autour de la table attendait ma réaction. Je n'eus pas à me forcer pour manifester mon approbation, car c'était vraiment excellent. Moins bon toutefois que les boulettes d'agneau trempées dans des œufs battus et frites que la maman d'Artun avait préparées ensuite, moins bon surtout que le gâteau de riz cuit au four qui composait le dessert. Artun épelait les noms de plat que son père nommait, et je répétais après lui : *Kadin büdü köfte, firin sütlaç.* M'enhardissant, je commençai même à placer tardivement les mots turcs que j'avais appris. C'était un peu idiot de dire bonjour, bonsoir, au revoir, ou bien quelle heure est-il tout à fait en dehors de situation, mais cela égaya beaucoup mes hôtes. On me fit répéter, jusqu'à une prononciation convenable, on prit surtout cela pour ce que j'avais voulu y mettre : un signe de sympathie un peu naïf, mais qui déclenchait la complicité.

Ce n'était plus si nécessaire. La saveur des plats épicés, la chaleur du feu m'avaient plongé peu à peu dans une douce euphorie, après le froid de la marche. On me souriait, mais sans affectation, comme on aurait fait pour une vieille connaissance, et je me sentais très bien, vaguement cotonneux. J'avais un peu de mal à me dire que j'étais chez ces gens que tout le monde à Saint-Vincent pensait si différents. Après le repas, M. Halic m'entraîna dans son atelier, et me montra les sculptures d'animaux qu'il avait taillées dans du bois. C'était un travail étonnant : chiens, chats, biches ou sangliers avaient surgi, précis et ressemblants, de ses mains expertes. Il nous désigna des branches écorcées, des outils, nous engageant à nous amuser nous aussi à ce jeu d'un nouveau genre.

Artun m'interrogea du regard. La suggestion me séduisait. Nous nous emparâmes donc chacun d'une petite réserve de bois, de couteaux et de serpettes finement aiguisés, et nous nous installâmes au soleil, devant la maison forestière. Nos productions, surtout les miennes, tenaient davantage de l'art abstrait que de l'hyperréalisme, mais nous nous amusions bien. Artun, particulièrement joyeux, devait trouver que j'avais réussi mon examen de passage auprès des siens. Pour ma part, cette vie chaleureuse et communautaire, au cœur de la nature, me plaisait énormément. Bien sûr, les Halic ne devaient pas faire tous les jours un festin aussi succulent que celui auquel j'avais eu droit, mais on sentait dans toute la maison une espèce de tendresse sans phrases qui flottait dans l'air. M. Halic, notamment, avec sa carrure imposante, ses grosses moustaches, donnait un sentiment de protection et dégageait une sympathie immédiate.

Déjà l'heure d'hiver faisait basculer le soleil au-dessus des pins. Je pris congé de tout le monde, et les sourires, les poignées de mains échangées ne devaient plus rien à la simple politesse. Artun m'accompagna jusqu'à l'orée de la forêt, puis je finis la route en solitaire. Au loin, les lumières de Saint-Vincent s'allumaient. Il me semblait que je les regardais avec les yeux d'Artun. J'imaginais les petits matins d'hiver qu'il allait vivre, ébloui de froid par la traversée de la forêt gelée, et découvrant à ses pieds le bourg saisi dans l'aube. Je le plaignais un peu, mais je l'enviais davantage.

Quand j'arrivai à la maison, ma mère préparait la soupe, et cela sentait bon. Mais tout me sembla un peu trop net, un peu trop silencieux, un peu trop vide.

– Regarde sur la table de la salle à manger. Il y a une lettre pour toi !

Avec sa discrétion habituelle, maman avait le bon goût de ne pas se lancer dans un interrogatoire trop précis au sujet des Halic.

Je lui en rendis grâce mentalement en décachetant l'enveloppe sur laquelle j'avais reconnu la flamme de Sochaux. Romain avait mis du temps avant de m'adresser cette seconde lettre, et plusieurs des miennes étaient restées sans réponse entre-temps. J'attribuais ce retard à sa nouvelle vie fatigante, trépidante, et à ses probables succès. Mais dès que je me mis à lire, je m'en voulus d'avoir songé cela.

*Sochaux, le 27 octobre*

*Cher vieux,*

*Pardonne-moi de ne pas t'avoir répondu plus tôt, mais je n'avais pas trop le moral. Je* t'avais parlé de l'entraînement physique assez dingue ici. Je n'ai pas tenu le choc. Déchirure musculaire au bout de quinze jours. J'ai voulu reprendre vite, car la concurrence est rude. Camara, le Ghanéen dont je t'avais parlé, a fait des merveilles pendant mon absence. Moralité, il y a un avant-centre de trop dans l'équipe. On m'a fait rentrer quelques minutes contre Strasbourg, mais j'ai tellement voulu briller que je me suis fait un claquage profond en sautant pour reprendre un ballon de la tête, sur corner. Un mois d'arrêt, autant dire jusqu'à la trêve de Noël. M. Coquelin a essayé de me rassurer en me disant qu'on ne jugeait pas définitivement les joueurs à la fin de la première année, mais j'ai bien compris qu'il ne croyait pas trop en moi.

Sur la porte du vestiaire, il y a un panneau avec cette phrase : « Celui qui veut faire quelque chose trouve les moyens. Celui qui ne veut rien trouve les excuses. » Depuis un mois, j'ai l'impression qu'on a écrit ça juste pour moi. Comme je suis blessé, j'ai plein de temps à perdre. J'ai l'impression qu'il pleut tout le temps. Je n'aime pas la ville, et puis surtout la comptabilité m'ennuie. Il y a au moins une chose sympa que tu peux te dire en lisant ma lettre : à bientôt à Saint-Vincent.

Ton pote, Romain

P.-S. : Dis à Antonin et Jeremy qu'ils se trompent : sans toi, c'est moi qui ne vaux plus un coup de cidre.

# Le retour

L'été indien voulut bien nous accompagner jusqu'au mercredi suivant. Christian en profita pour nous faire faire d'abord un footing le long de la Risle, au-delà de la pisciculture. Puis la séance d'entraînement se poursuivit sur le stade. J'aime bien le stade de Saint-Vincent. Il est situé tout près du bourg, et l'on aperçoit le clocher de l'église. En même temps, il longe la lisière de la forêt. En ces premiers jours de novembre, une longue tapisserie rousse descendait jusqu'au pied de la tribune. Christian nous fit surtout travailler la technique balle au pied, avec un parcours de slalom chronométré entre des plots. Puis nous finîmes par un petit match sur une moitié de terrain. Était-ce dû en partie aux séances du club foot, au collège ? Toujours est-il que notre entraîneur nous trouva en progrès sur le plan collectif. Je sentais qu'il avait raison ; malgré nos dernières défaites, il ne nous manquait pas grand-chose pour accéder au niveau des formations que nous rencontrions le dimanche. Peut-être un peu plus d'engagement physique, de gabarit aussi. Beaucoup dans l'équipe étaient des cadets de première année. Aurélien, Baptiste, Bastien et Raphaël : toute notre défense, depuis le départ d'Antonin, semblait jeune et bien frêle, par rapport à celles des gros clubs de la région. Sur les coups de pied arrêtés, les centres aériens, il leur manquait quelques kilos et quelques centimètres. Mais par ailleurs, ils jouaient de mieux en mieux, notamment dans la relance des attaques, et Artun venait leur prêter main forte. Devant les circonstances, Christian avait tiré un trait sur tout espoir de résultat. Il nous faisait travailler pour l'avenir, et je trouvais qu'il avait une sacrée patience.

Lorsqu'il avait appris que nous faisions un club foot au collège, Christian avait tenu à rencontrer M. Fournier. Tous deux avaient sympathisé et nous parlaient le même langage, privilégiant les passes, les une-deux, au détriment des exploits personnels. Avec Christian, évidemment, c'était plus technique, mais l'esprit était le même.

Tous deux avaient horreur notamment des petits gestes d'anti-jeu habituels en football : gagner quelques mètres en faisant une touche, reculer le ballon quand il y avait coup franc, ceinturer l'adversaire sur les phases arrêtées. Ce n'était pas facile de nous débarrasser de toutes ces manies : à la télé, les joueurs professionnels nous donnaient le mauvais exemple. Ils excitaient les supporters, effectuaient des plongeons spectaculaires pour obtenir un penalty. Or tous ces joueurs étaient des demi-dieux pour nous, des idoles.

Quand Christian avait commencé à nous raconter que certaines de leurs attitudes étaient minables, méprisables et qu'elles tuaient le football, nous avions eu du mal à le suivre. Mais à présent, M. Fournier, qui venait d'un univers complètement différent, nous disait la même chose. Peu à peu, le message s'insinuait en nous. Et puis, à la télévision, nous avions vu des grandes équipes étrangères, comme celle du Danemark, confirmer que l'on pouvait obtenir des résultats sans se comporter comme des voyous.

Comme l'issue des matchs de promotion d'honneur nous importait peu, désormais, Christian s'était attaché à exiger de nous autre chose. Il y avait eu d'abord cette correction vis-à-vis du jeu, vis-à-vis des arbitres également, qui était devenue une bonne habitude, d'autant plus facile à prendre que nous n'étions pas stressés par le désir de victoire. Et puis, au fil des matchs était venue aussi une nouvelle façon de jouer, de faire circuler le ballon, qui ressemblait un peu à celle de nos séances dans le gymnase du collège. Les entraîneurs des autres équipes félicitaient souvent Christian pour nos qualités collectives. On commençait à parler çà et là du style de Saint-Vincent. Pour nous, jouer ainsi devenait de plus en plus agréable, malgré les défaites, car nous avions l'impression de construire quelque chose.

C'était particulièrement évident en cette fin de mercredi, sur le terrain d'entraînement éclairé par la lumière oblique d'un soleil rouge déjà faiblissant. De Baptiste à Bastien, d'Artun à moi, la balle circulait à merveille, et j'étais juste en train de penser qu'avec Romain en attaque, Antonin en défense, nous aurions eu les moyens de faire une grosse saison, quand j'eus le sentiment d'une transmission de pensée : cette silhouette qui se découpait sous l'auvent du club-house était bien celle de Romain ! Avec sa haute stature et ses cheveux blonds assez longs, il nous regardait en souriant, appuyé sur une canne anglaise.

Christian l'avait aperçu comme moi, et interrompit aussitôt l'entraînement. En un éclair de temps, nous nous retrouvâmes tous installés dans la salle de réunion. Malgré la lumière froide distillée par l'éclairage au néon, une atmosphère familiale s'établit vite autour de notre héros malchanceux. Certains ignoraient son échec au centre de formation sochalien, et il fallut glisser sur quelques gaffes. Mais par ailleurs, Romain ne semblait pas fâché de répondre à toutes les questions qui nous brûlaient les lèvres :

– Dur, hein, le physique ? interrogea Christian.

– Complètement fou. Footing, musculation, c'est ça qui m'a tué. Au moins deux heures par jour, par tous les temps. Sinon, au niveau du jeu, je m'en sortais plutôt bien…

Une ombre de regret passa sur son visage, et Aurélien sentit qu'il était temps d'évoquer des sujets moins personnels :

– Comment c'était, l'ambiance à Bonal, les soirs de grands matchs ? Vous pouviez approcher les joueurs ?

Là, Romain produisit son effet en nous expliquant comment les stagiaires partageaient l'intimité des joueurs pros, qui ne se prenaient pas pour des vedettes, et avaient même plus d'une fois interrompu leur échauffement pour venir encourager le lever de rideau des cadets.

Pour fêter ce retour, Christian nous offrit une tournée de Coca, et l'on se mit à parler de choses et d'autres. Plus d'une allusion à la nécessité du retour de Romain dans notre équipe vola dans l'air, mais à chaque fois il affectait de ne pas répondre, et se mettait à parler des chances de Metz ou de Monaco en championnat. Je lui présentai chaleureusement Artun, mais il le salua à peine, et se

57

détourna ostensiblement pour converser avec Aurélien. Bref, on sauvait les apparences, mais quelque chose n'allait pas tout à fait dans cette scène. « Le retour de l'enfant prodigue » : la pièce était comme écrite à l'avance, mais elle sonnait un peu faux.

Chacun le sentait bien, dans l'assistance. Artun, apparemment plus que vexé, fut le premier à s'esquiver. Par petits groupes, les autres joueurs prirent congé à leur tour. Je restai seul avec Romain, et m'apprêtai à l'accompagner chez lui. Au moment où nous quittions le stade, Christian m'adressa un signe de tête que je déchiffrai aisément : il fallait arriver à le convaincre de rejouer à Saint-Vincent.

Cela me fit tout drôle de me retrouver seul dans la rue avec Romain. Nous avions fait tant de fois ce chemin ensemble, à bicyclette ou bien à pied, aux beaux jours d'autrefois. Mais quelque chose avait changé, une gêne indéfinissable s'était installée. La rue du stade était noyée dans l'ombre et nous avancions tout doucement. Pour dissiper un silence qui devenait pesant, je finis par murmurer :

– Je sais ce que tu dois éprouver. Mais finalement, c'est peut-être aussi bien que tu sois revenu...

Romain me renvoya en écho un rire amer qui ne ressemblait pas beaucoup au ton de façade qu'il avait adopté pour s'exprimer au club-house...

– Tu parles ! Tu veux dire que j'ai tout loupé ! Je m'étais décarcassé en classe l'an dernier pour obtenir mon passage en seconde. Moralité, j'ai accepté un BEP de comptabilité, parce que c'était la formation que tout le monde prenait au centre de Sochaux. Seulement, j'avais pas prévu de rester en rade au football. La compta me sort par les yeux. Je vais repiquer ma troisième au collège, et en plus je suis blessé. C'est glorieux !

Je comprenais que toute phrase de ma part serait maladroite à présent, et que, pour la première fois sans doute depuis ses problèmes, Romain s'épanchait vraiment devant quelqu'un. C'était encore, d'une certaine manière, un signe d'amitié, mais il s'y mêlait une agressivité qui me mettait mal à l'aise.

– Tu sais, Stéphane, reprit-il un peu plus bas, quand tu as caressé tes rêves d'aussi près que je l'ai fait, quand tu as joué devant des milliers de spectateurs, avec presque la certitude de pouvoir en faire ton métier, c'est quand même dur de se retrouver ici, à raconter des souvenirs comme un ancien combattant !

– Mais justement ! lançai-je avec une conviction un peu feinte. Tu as vu le petit match tout à l'heure ? Il y a de l'avenir ici ! Les minimes de l'an dernier ont fait des super progrès. Et puis il y a Artun. Il est increvable celui-là ! Si tu revenais, je suis sûr qu'à nous trois déjà, on pourrait faire des miracles.

Nous étions arrivés devant la maison de Romain. Ouvrant d'une main le portillon, il se tourna vers moi avec une colère blanche qui me glaça moins que le sens même de ses paroles :

– Je me suis déjà fait sortir par un Noir, c'est pas pour devenir copain avec un Turc !

## Un triste jeudi
## de fin novembre

J'avais souvent rêvé du retour de Romain. Depuis quelque temps, j'y pensais d'autant plus que l'équipe progressait par ailleurs, et manquait surtout d'un avant-centre. Mais les choses ne se passent jamais comme l'on croit. Romain était revenu. En apparence du moins, car j'avais du mal à reconnaître le vrai Romain dans le personnage venimeux qui tenait ouvertement des propos racistes. Sans doute avait-il des excuses, mais pour moi le problème restait le même : entre Artun et lui, il y avait un choix à faire, et le choix était fait d'avance. Artun n'avait rien à se reprocher. Il avait senti venir le vent quand je l'avais présenté à Romain, et s'était éclipsé pour ne pas déclencher d'esclandre. Sans doute avait-il été déçu : cela correspondait si peu au tableau que je lui avais brossé de mon ancien ami ! Mais il avait eu la pudeur de n'en rien témoigner.

Au collège, les camps furent vite délimités. M. Travers avait réintégré Romain dans ma classe. Sans un regard pour moi, mon ancien compagnon s'était installé dès le premier cours au fond de la salle 208, avec une attitude boudeuse et détachée. Nous avions décidé tous deux de ne plus nous adresser la parole. Cette fois, je ne voulais plus faire le premier pas, car l'attitude de Romain m'avait blessé au plus vif. Mais Artun n'était pas notre seul point de désaccord. Au fond, nos reproches muets se croisaient. Romain pensait sûrement que, si je l'avais accompagné à Sochaux, tout eût été différent, que les exploits de Camara n'auraient pas empêché la supériorité de notre tandem. Moi, je trouvais au contraire que c'était son départ qui avait tout gâché.

En classe, Romain avait décidé de se montrer impeccable sur le plan des devoirs, du travail rendu, des leçons apprises. En maths par exemple, c'était très facile pour lui, qui suivait déjà convenablement l'année précédente. Mais dans son attitude en cours, il se révélait beaucoup moins parfait. Il se tenait à sa table avec une sorte de décontraction insolente qui devait impressionner les professeurs, car ces derniers évitaient de lui en faire la remarque. Seul M. Fournier avait vraiment mis les choses au point. Il faut dire qu'en français les occasions de faire du mauvais esprit étaient fréquentes : les textes provoquaient des idées contradictoires, et notre prof adorait ces joutes suscitées par des idées parfois multicentenaires, celles de Rabelais, de Montaigne ou de Rousseau.

L'ennui avec Romain, c'est qu'il n'émettait pas vraiment une idée personnelle, mais se contentait de contrecarrer celles de M. Fournier. Ce dernier avait tout de suite accepté l'affrontement, mais à sa manière : connaissant les rancœurs qui agitaient Romain, il reprenait point par point ses arguments, lui démontrant que Rousseau n'était pas forcément « un sale gauchiste », ni Victor Hugo « un bourgeois démago ».

Mais en dehors des cours, l'heure n'était plus au dialogue. Plus ou moins rejeté par l'ensemble de ma classe, Romain s'était vite retrouvé dans le petit clan de Jeremy. Était-ce peur de la solitude ou désir de provocation ? Toujours est-il qu'il s'était mis au pas de la bande. Un jour, j'avais entendu Jeremy lui lancer :

– Combien de temps tu vas la garder, ta coiffure de baba ?

Romain s'était contenté de hausser les épaules, mais quelques jours plus tard il était arrivé avec les cheveux ras, et juste une petite mèche hirsute au-dessus du front. Pour les beaux yeux de quelques filles, tous les « Jeremy boys » roulaient des mécaniques, passaient leurs récréations à clamer haut et fort toutes les insolences auxquelles ils se livraient en cours – et bien sûr, ils enjolivaient passablement leurs « exploits ». Le passage d'Artun constituait pour eux une heureuse dérivation. On singeait le-petit-Turc-modèle-qui-travaillait-si-bien, et les obscénités se mêlaient aux propos racistes. Bien sûr, je recevais ma part de ces injures, d'autant que j'avais décidé de ne plus quitter Artun d'une semelle dans les couloirs.

Mais par ailleurs, la bande de Jeremy se

livrait plus sournoisement, en dehors du collège, à des activités mystérieuses. J'avais entendu parler d'un trafic de mobylettes avec des pièces volées. Il n'était plus question de football dans tout cela. Je savais que Jeremy avait essayé de convaincre Romain d'aller jouer à Brétigny, dans l'espoir surtout d'ennuyer Christian. Mais Romain ne voulait plus entendre parler de foot. De plus, il était encore blessé. Antonin ne semblait pas autrement emballé lui non plus par l'idée de collaborer avec ses anciens adversaires. Finalement, Jeremy avait renoncé également à jouer à Brétigny : il avait désormais mieux à faire.

Je me souviens très bien de ce jeudi de la fin novembre qui devait tout changer. La veille, sous la pluie, l'entraînement avait été mélancolique. Christian était triste de ce qu'il appelait la trahison de Romain. Tracassé par toutes les histoires qui tournaient autour de lui, Artun n'avait plus son rayonnement habituel, et je me sentais moi-même désabusé. Le soir, pendant que mes parents regardaient un film à la télé, j'avais longtemps traîné sur un devoir de maths auquel je ne comprenais rien.

C'est pourquoi je ne pus m'empêcher d'espérer une diversion, en apercevant le lendemain matin un attroupement inhabituel à l'entrée du collège. La camionnette de la gendarmerie était même rangée sur le parking. Mais il n'était pas nécessaire d'interroger les badauds pour connaître l'origine de cette effervescence : malgré la pâleur du jour naissant, on voyait tout de suite que tous les bâtiments du collège avaient été balafrés de tags durant la nuit. Il n'y avait apparemment eu aucune volonté artistique dans cette expression d'un nouveau genre : de grosses écritures baveuses, dégoulinantes et bariolées avaient tracé quelques arabesques indécises, quelques mots difficiles à déchiffrer, et un message plus clair, directement affiché sur la porte d'entrée du bâtiment central : « Bon courage pour le nettoyage ! » Parents, élèves, habitants des HLM toutes proches commentaient l'exploit à qui mieux mieux, avec des mines outrées, goguenardes ou circonspectes.

Il fallut bien commencer quand même la journée de cours, mais Mme Duval en oublia son devoir à la maison. C'était toujours ça de gagné ! D'ailleurs, pendant toute la matinée, personne n'eut trop la tête au travail. Assis près de la fenêtre, j'aperçus d'abord les deux silhouettes rondes de Yeshar et Nacer qui traversaient la cour en compagnie de leur délégué de classe. On les fit pénétrer dans le bureau de l'administration. M. Travers avait commencé son enquête, mais pourquoi penser à eux ? C'est vrai qu'ils venaient d'être collés un mercredi après-midi pour avoir lancé un pétard dans un couloir, mais de là à « tagger » tout le collège, et de nuit, à leur âge !

Yeshar et Nacer restèrent longtemps dans le bureau. En salle 208, M. Fournier avait remplacé Mme Duval quand les jumeaux sortirent dans la cour avec un petit air fermé qui ne leur était pas coutumier. Insensibles à la pluie qui tombait froide et drue, ce matin-là, ils regagnèrent leur classe. A peine avaient-ils disparu que l'on tambourina à la porte de notre salle. C'était François, le pion du collège. Il était très sympa, mais lui aussi avait un ton plus solennel qu'à l'ordinaire :

– Chatel Stéphane, au bureau du principal !

Stupéfait, je me dressai mollement. Le regard de M. Fournier interrogea François, mais ce dernier haussa les épaules en signe d'ignorance. Dans le couloir, il tenta vainement de me réconforter en me disant qu'il s'agissait d'un simple interrogatoire... Je connaissais un peu trop la formule pour l'avoir lue dans des romans policiers.

M. Travers était assis à son bureau. Debout à ses côtés se tenait un gendarme. L'atmosphère était plutôt tendue !

– Alors, Stéphane ! C'est vrai qu'il est à toi, ce bouquin ? interrogea le principal.

Il brandissait sous mes yeux le livre sur la Turquie qui m'avait valu un joli succès chez les Halic. Je l'emmenais régulièrement au collège pour discuter avec Artun de tel ou tel aspect de son pays, et justement depuis huit jours je n'arrivais plus à mettre la main dessus ! Je m'en expliquai en balbutiant lamentablement.

– Comme ça, il aurait disparu, ou bien on te l'aurait volé, peut-être ? demandait à son tour le gendarme, avec un ton bizarre qui tenait à la fois de l'ironie et de la menace.

– Sais-tu, poursuivit l'homme de la loi en se rapprochant de moi, sais-tu qu'on a précisément découvert, parmi les graffitis écœurants dont le collège a été couvert, un certain nombre de mots turcs qui figurent dans ce livre ?

Il me soufflait sa colère au visage, les yeux exorbités. Pétrifié, je ne pouvais plus articuler un mot. Mais M. Travers fit signe au gendarme de se calmer, et il prit le relais d'une voix beaucoup plus calme.

– Oui, Stéphane, on a d'abord soupçonné Yeshar et Nacer, à cause de leurs origines, et puis aussi de leur tendance à faire des bêtises. Mais, depuis, François a trouvé ce livre au fond d'une poubelle. Alors, je crois qu'il faut suivre une autre piste. Il s'agit visiblement d'un coup monté pour faire accuser les Turcs...

Se radoucissant, il ajouta en me fixant – mais je voyais bien que ses mots étaient destinés au gendarme cramoisi :

– Étant donné tes liens d'amitié avec Artun, j'ai du mal à penser que c'est toi l'instigateur de cette très mauvaise plaisanterie. Mais peut-être pourrais-tu nous aider...

En un instant, et malgré l'hébétude que m'avait donnée cette situation éprouvante, tout fut clair en moi. Les imbéciles ! ils avaient voulu faire accuser Artun, sans se douter que les soupçons se porteraient sur ses petits cousins ! Mais bien sûr, je n'avais rien à dire : ce n'était pas le genre de la maison.

Mon manque de coopération fit encore monter d'un ton le rouge aux joues du gendarme, mais M. Travers semblait trouver ma réaction beaucoup plus normale. Il me congédia, et je l'entendis murmurer :

– C'est à nous de nous débrouiller. Mais ce n'est pas lui, c'est sûr. Chatel est un élève médiocre, mais pour le reste...

La fin de la phrase se perdit tandis que je m'éloignai dans le couloir. C'était l'heure de la récréation. Au déferlement de jeux et de cris habituel s'était substituée une espèce de prudence étrange. Les élèves parlaient par petits groupes. Celui de Jeremy se montrait étonnamment discret, occupé à recopier le devoir de maths. Pour moi, cette attitude même était une forme d'aveu, mais je ne fis part à personne de mes pensées. Dans la cour, Artun consolait ses cousins : visiblement choqués, ces derniers avaient attendu la présence de leur presque grand frère pour fondre en larmes sur un banc.

Hélas, d'autres larmes plus amères les attendaient ce jour-là. Cette journée maussade, traversée de lourds nuages noirs effilochés par la violence du vent, n'avait pas fini d'exercer ses ravages. Pendant que les cours faisaient semblant de poursuivre leur déroulement normal, chacun guettait un pas dans le couloir, un coup à la porte, le passage d'une silhouette nouvelle dans la cour.

L'heure de midi fut particulièrement morne. Le club foot supprimé à cause d'une réunion exceptionnelle des professeurs, les élèves erraient petitement dans les couloirs sombres, à l'abri de la pluie. L'après-midi ne devait pas dissiper cette atmosphère étouffante. Les professeurs avaient décidé de faire recopier un texte à toutes les classes, dans le but évident d'une analyse graphologique en comparant ces phrases semblables avec le lettrage des tags. C'était d'autant plus oppressant qu'ils avaient eu mission de nous faire écrire vite, afin qu'il soit plus difficile de contrefaire son écriture. Bref, depuis le matin, nous vivions uniquement à travers l'incident – Mme Duval avait même parlé de crime, en disant que les dégâts s'élèveraient à plusieurs dizaines de milliers de francs. Dans cette ambiance de mauvais rêve, le hurlement sinistre d'une voiture de pompiers qui empruntait la route de la forêt ne nous fit guère sursauter – ce n'était rien sans doute, à côté des événements du collège. Peu de temps après, le clignotement bleu électrique d'une ambulance lui succéda. Un accident de voiture, bien sûr. Il avait dû se produire tout près de Saint-Vincent, car moins de dix minutes après, nous vîmes les deux véhicules redescendre la côte à toute allure, pendant que la prof d'histoire essayait en vain de nous faire plonger dans les affres des tranchées et des désertions de l'année 1917.

Le temps continuait à ne pas passer. Perdu dans une rêvasserie sans objet, je regardais vaguement les limites du terrain de handball par la vitre, quand je vis Artun traverser la cour à son tour aux côtés de François. C'était plutôt étrange. Les gendarmes avaient quitté le collège depuis longtemps déjà, et les soup-çons portés sur les Turcs semblaient s'être définitivement dissipés.

Cette fois cependant, il ne s'agissait pas d'un interrogatoire, et je vis mon ami ressortir très vite du bureau de M. Travers. Mais la rapidité de cette entrevue n'avait rien de rassurant : au sortir du bâtiment administratif, Artun fit quelques pas de course hésitants, comme quelqu'un qui eût voulu échapper à son destin, puis il se tint longtemps prostré, accroupi sous l'averse au plein milieu de la cour, les mains voilant ses yeux, les épaules secouées de sanglots. Je ne pus m'empêcher de me dresser, mais Mlle Langlois, passablement nerveuse depuis le début de son cours, explosa soudain :

– Vous n'allez quand même pas prendre prétexte toute la journée de cet incident absurde pour vous permettre n'importe quoi !

Rongeant mon frein, je me rassis, indifférent à la colère de la prof, mais terriblement angoissé pour Artun.

Je n'eus pas à attendre longtemps. M. Travers lui-même avait entrepris un tour des classes, et la troisième A fut l'une des premières qu'il visita. Après un bref conciliabule avec Mlle Langlois, il nous dit avec une douceur très solennelle qui jeta aussitôt sur la classe une espèce de frisson :

– Voilà. Nous venons de vivre un événement particulièrement pénible, surtout dans le contexte de cette journée. Votre camarade Artun Halic...

La voix tremblant d'émotion, il se reprit :

— Le père de votre camarade Artun a eu un accident de travail en forêt...

Au premier rang, Baptiste posa une question d'une voix si faible que personne ne l'entendit. Mais chacun savait bien ce qu'il avait demandé. Et chacun comprit bien le hochement de tête affirmatif et désolé du principal.

# Retrouvailles

Tout le monde je crois aurait voulu un père comme celui d'Artun. Quelqu'un de très fort et de très doux à la fois, quelqu'un dont les paroles rares valaient leur juste prix. Pas un père qui partage vos jeux, qui fait avec vous du vélo ou du foot. Mais un père qui marche dans les forêts, et que l'on accompagne, jusqu'à ce que son bras vous désigne une biche, au loin. Quelqu'un qui sent bon l'atelier, le copeau de bois frais – et tout petit, on s'installe à côté de lui, et l'on travaille un peu à sa manière, tellement avec lui qu'on n'a jamais besoin de croiser son regard. Un père comme celui-là, tout ce qu'on fait en grandissant, c'est juste pour mériter quelques instants de bonheur à marcher près de lui, le long d'une allée solitaire, et sentir avec l'odeur de la forêt l'amitié de son silence.

J'avais eu la chance de rencontrer – une seule fois, mais une fois très douce – ce père qui ne ressemblait guère à ceux de notre temps. En quelques heures, j'avais eu le temps de sentir tout ce que la farouche volonté d'Artun devait à cette présence. Et voilà qu'un destin absurde fauchait ce père indestructible à quarante ans à peine ! Comment avait-il pu se laisser surprendre par la chute de ce chêne ? On disait simplement qu'il y avait ce jour-là une énorme quantité d'arbres à abattre, et que la fatigue sans doute avait expliqué sa distraction.

Beaucoup d'arbres à couper. Un travail fatigant, un travail dangereux, qu'apparemment les Français ne voulaient plus effectuer. Pendant que Mlle Langlois, troublée, poursuivait tant bien que mal son cours d'histoire jusqu'à la sonnerie, deux sentiments douloureux se multipliaient en moi. Une tristesse profonde pour mon ami Artun, à l'imaginer regagnant la maison forestière, avec le silence effrayant de toute sa famille qui l'attendait.

Et puis un autre sentiment, de honte celui-là, qu'il me semblait devoir partager avec tous les acteurs de cette sombre journée, avec tous les habitants de Saint-Vincent. Quelqu'un de grand, de doux, de fort, mourait pour nous dans la forêt, pendant que tant d'imbéciles continueraient à pérorer dans les bistrots, que les beaux messieurs et les belles dames iraient toujours se montrer à la chasse à courre, pendant que tous nous poursuivrions nos petites vies égoïstes. Oui, le froid et la pluie de novembre allaient bien à cette journée, où la suspicion avait plané mesquinement sur toute la petite colonie turque. Quelqu'un avait tracé les tags – je me doutais bien qu'il s'agissait de Jeremy et de sa bande – mais d'une certaine façon nous les avions tous tracés, en permettant que des gens comme M. Halic soient à l'écart, soient différents, presque cachés.

Ce sentiment de honte, je n'étais pas le seul à l'éprouver. Alors que, perdu dans mes pensées, la tête basse, j'avançais lentement vers la sortie du collège, je vis s'approcher de moi un petit groupe composé de Romain, d'Antonin, de Caroline. Ils me prirent à part, et Romain, d'une voix embarrassée, me dit :

– Oui, tu t'en doutes, c'est nous, pour les tags. Je viens d'aller le dire à M. Travers…

Comme je l'interrogeais du regard, il ajouta :

– Il a été très chic et m'a dit qu'on s'occuperait de ça après… Mais c'est pour Artun qu'on est venu te voir. On voudrait faire quelque chose pour lui…

Sa voix fléchit soudain :

– C'est tellement crétin, ce qu'on a fait. On ne sait plus trop comment s'y prendre…

Ensemble, nous prîmes en silence la route qui menait vers le centre du bourg. Antonin poussait sa mobylette, Caroline ne disait rien. Je l'avais vu dans de nombreux films sur la guerre, dans pas mal de bouquins : il faut parfois des événements tragiques pour que les gens révèlent leurs qualités ou leurs défauts. C'était un peu comme dans le roman que M. Fournier nous faisait étudier en classe : *La Peste*, d'Albert Camus. « Un très bon gardien de but », avait lancé M. Fournier pour nous présenter l'auteur. Je n'avais plus envie de sourire, mais cela me faisait du bien ce soir-là de marcher aux côtés de Romain, d'Antonin, de Caroline.

– Bien sûr, je n'irai pas ce soir ! fis-je alors que nous atteignions le pont sur la voie ferrée. Demain, peut-être, après les cours…

– Est-ce que nous pourrons venir avec toi ?

Antonin avait dit cela d'un seul élan, se rendant compte aussitôt de ce que sa proposition pouvait avoir d'incongru, voire de choquant. Un peu interloqué, j'essayai d'imaginer l'effet que pourrait produire sur Artun la venue de ce petit groupe où figureraient ses « ennemis ». Mais tout de suite il me sembla que c'était une belle idée, et que les choses devraient se passer ainsi.

Peu à peu, l'hostilité qui s'était installée entre nous ces derniers temps s'effaçait. Quand nous arrivâmes sur la place de l'église, j'étais en train de leur parler de cette ambiance de vie si particulière et chaleureuse qui animait la maison forestière. Dans une circonstance aussi tragique, sans doute y aurait-il autour d'Artun et de sa mère toute la tendresse que pourraient offrir leurs amis, leur frère, leur tante, leurs cousins. Mais au collège, Artun allait avoir besoin de nous, surtout après toutes ces tracasseries stupides dont il avait été l'objet.

– Oui, on va faire quelque chose ! lança Caroline.

Je n'entendais pas souvent le son de sa voix. Un peu prisonnière de son image, de son aspect physique – et c'est vrai qu'elle était très belle – Caroline n'existait plus pour moi qu'à travers ce comportement provocant qu'elle adoptait en compagnie de Jeremy. Et voilà que dans ce soir sinistre, elle se mettait à exister vraiment, à effacer toutes les Caroline de surface qui étaient autant de pièges, de voiles, de fausses pistes. Une seule petite phrase, et c'était une autre Caroline qui se découvrait, qui commençait…

Mis en confiance par l'amitié soudain retrouvée de Romain, d'Antonin, de Caroline, l'envie me brûlait les lèvres de les interroger à propos de Jeremy. Mais devançant ma question, Romain, qui l'avait pressentie, me glissa :

– Par contre, il ne faut rien attendre de Jeremy, je crois… Et puis, son père déteste tellement les étrangers…

Nous nous quittâmes sur ces paroles mi-figue mi-raisin, point d'orgue d'une journée dramatique qui me laissait à présent K.-O.

debout, tiraillé par tant de sentiments contradictoires. Je ne dormis pas beaucoup, cette nuit-là.

Dès le lendemain, le père de Jeremy devait confirmer les propos de Romain. Se doutant probablement que son fils ne couperait pas au conseil de discipline à propos de l'affaire des tags, il était venu à 8 heures faire un scandale dans le bureau de M. Travers. L'altercation avait dû être vive. J'entendis le principal prononcer les mots « indécents », « scandaleux » avant de tourner le dos à son interlocuteur et de le laisser en plan devant la porte. Face aux élèves rassemblés, le père de Jeremy, furieux, brandit son poing en direction du bâtiment administratif :

– De toute façon, il n'y en a que pour les bougnoules, ici ! C'est pas vous qui le fichez dehors, c'est moi qui l'enlève !

Il se fraya un chemin à travers une foule qui l'observait sans tendresse. L'atmosphère du collège avait sensiblement changé en une seule journée. Certes, dans l'ensemble, la plupart des élèves aimaient bien Artun, avant l'accident, et s'amusaient volontiers des pitreries de ses cousins. Mais à présent, c'était un autre sentiment qui planait : avec une nuance de remords, tout le monde semblait vouloir installer une solidarité qui changeait aussi la nature des conversations, des plaisanteries. Dans les couloirs, dans les cours, une sagesse inhabituelle planait. Plus qu'à l'enseigne-ment, elle était destinée à nos camarades turcs, comme un hommage un peu tardif, en attendant leur retour, et la possibilité de leur témoigner autrement une amitié nouvelle.

Le soir-même, Caroline, Romain et Antonin m'accompagnèrent sur la route de la forêt. Au fur et à mesure que nous appro-chions de la maison forestière, un silence angoissé s'installait – difficile pour moi de me retrouver face à Artun. Plus difficile encore sans doute pour mes compagnons, dont la démarche amicale n'effacerait peut-être pas l'hostilité passée.

Un autre silence habillait la maison fores-tière. Un silence tout lourd, tout gris, et la brume de novembre autour des arbres froids. Artun nous avait aperçus. Je me détachai un peu de notre petit groupe. Avec une dignité très ferme, Artun me regarda droit en face avant de me faire juste une petite tape dans le dos, comme si c'était lui qui me réconfortait. Lui désignant Romain, Antonin et Caroline, je commençai à marmonner une explication, mais il m'interrompit d'un battement des paupières qui voulait dire : « j'ai compris. » En silence toujours, il s'approcha de chacun d'eux et leur serra lentement la main.

Une émotion insoutenable nous poignait. Incapables de prononcer un mot, nous restâmes ainsi quelque temps, avec juste des gestes désolés, maladroits, et des regards qui traduisaient des phrases impossibles.

Artun nous proposa d'entrer si nous le souhaitions, mais nous lui fîmes signe que ce n'était pas nécessaire. Sans un mot, l'essentiel était dit. Pendant que Caroline éclatait en sanglots, nous reprîmes la route de Saint-Vincent. A la lisière de la forêt, nous nous arrêtâmes un instant pour contempler les lumières du bourg, comme si cette mort se devait d'être aussi le début de quelque chose. Pour la première fois depuis longtemps, nous regardions ensemble.

# Une défense héroïque

Artun revint vite au collège. On eût en vain cherché sur son visage ou dans sa façon d'être les traces de son chagrin. Mais en parlant avec lui – et sans doute étais-je le seul à qui il se confiait – je compris que rien désormais ne serait pour lui comme avant, qu'une forme de bonheur était morte pour toujours avec son père. L'accueil qu'il trouva à Saint-Vincent dissipa un peu la honte que chacun avait éprouvée auparavant. On ne lui fit pas d'impudiques démonstrations d'affection – cela n'eût pas convenu au tempérament normand – mais dans tous les gestes de la vie, à tous les moments de son existence de collégien, élèves et professeurs surent lui montrer d'un sourire, d'un petit geste d'amitié, qu'ils connaissaient sa peine.

De là à la lui faire oublier… Au retour d'Artun, un groupe s'était spontanément formé autour de lui, avec Romain, Caroline, Antonin, Baptiste, et moi, bien sûr. Il était question de football, évidemment, car nous pensions que pour Artun les heures passées sur un terrain seraient sûrement les moins lourdes à porter. Mais il ne semblait pas prêt à rejouer.

Un soir où j'étais seul avec lui, j'osai aborder le problème en face :

– Tu sais, on aimerait tous beaucoup que tu reviennes au foot. Antonin et Romain n'attendent que toi pour repartir avec Saint-Vincent.

– Je sais, répondit Artun. C'est sympa de leur part. Mais je ne sais pas. J'ai l'impression que le foot en ce moment, ça serait quelque chose de trop insouciant, de trop léger…

– Écoute, Artun, repris-je, j'ai rencontré ton père, et tu m'en as souvent parlé. Ce qui est sûr, c'est qu'il avait très envie d'être fier de toi, envie que tu fasses à fond tout ce que tu étais fait pour réussir.

Artun me regarda, pensif. Ce soir-là, il finit par prétexter plus mollement des tâches nouvelles qu'il avait à effectuer chez lui pour soulager sa maman. Mais le lendemain matin, il me confia, dès son arrivée au collège :

– Tu avais peut-être raison. Je crois que je vais essayer de rejouer.

C'est ce jour-là que commença vraiment une ère nouvelle de notre vie. Quand, le mercredi suivant, Christian vit arriver notre petite troupe à l'entraînement, il ne manifesta pas trop son émotion, mais je la sentis sans peine.

Il allait avoir du pain sur la planche. Pendant longtemps, Romain ne fit qu'un peu de footing autour du stade, pour ne pas tirer sur son claquage. Antonin, qui avait tendance à l'embonpoint, ne retrouva qu'au bout d'un mois une condition physique acceptable. Artun, bien sûr, était plus fatigué, plus distrait qu'à l'habitude. Nos premiers matchs de championnat ne furent pas extraordinaires. Christian, soucieux de préserver l'unité du groupe, ne voulait pas exclure les joueurs qui avaient fait partie de l'équipe pendant l'absence d'Antonin, de Romain, puis celle d'Artun. Aussi faisait-il jouer une mi-temps à chacun, et nous recommandait de bien garder la même mentalité, la même qualité de jeu collectif qu'à l'époque où nous n'espérions pas de résultat.

Même sans jouer vraiment bien, nous obtînmes deux matchs nuls.

– On peut éviter la descente ! nous lança Christian à l'issue du second.

Cela semblait devoir être notre objectif. Il y en avait un autre toutefois : la coupe de Normandie, ouverte à tous les clubs de Normandie cadets, toutes divisions confondues. Elle n'avait pas encore débuté, et avec un peu de chance, nous pouvions espérer passer quelques tours et prendre confiance. Mais là une mauvaise nouvelle nous attendait :

– Une tuile ! annonça Christian ce mercredi de la fin janvier. On tombe contre l'équipe première du Havre AC ! Et chez eux encore, à Deschaseaux, le 3 février.

– Eh bien ! fit Sébastien. Il va surtout falloir éviter le ridicule !

Christian rétorqua en haussant les épaules :

– Si vous jouez votre football, vous ne pouvez pas être ridicules !... Mais pour gagner, évidemment...

Nous allions rencontrer une équipe du

niveau de celle où Romain avait évolué à Sochaux, une équipe d'aspirants professionnels qui ne devaient faire qu'une bouchée du petit bourg de Saint-Vincent.

Malgré les torchères brûlant aux quatre coins du ciel, le long du port du Havre, il faisait très froid, ce 3 février-là. Lorsque notre car avait longé les avenues immenses de la ville balayées par le vent, nous nous étions sentis tout petits. Au stade Deschaseaux, la même sensation nous poursuivit quand nous arrivâmes sur la pelouse : ce n'était pas un lever de rideau, et les tribunes du terrain d'honneur étaient presque vides. Les joueurs du HAC s'exerçaient sur un but, et leurs maillots bleu marine et bleu ciel, que nous avions vus souvent à la télévision sur les épaules des seniors havrais, nous impressionnaient également. A quelle sauce les « rouge et blanc » de Saint-Vincent allaient-ils être mangés ?

Nous voyant aussi crispés, frileux, Christian vint nous réchauffer juste avant le coup d'envoi avec une nouvelle encourageante :

– Je viens de voir leur entraîneur. Ils n'ont mis que la moitié de leur équipe première. Ils ont un match de championnat très dur dans deux jours. Alors, surtout, pas de complexe !

La moitié d'une équipe de futurs pros, c'était déjà suffisant pour nous infliger une raclée ! Mais nous nous détendîmes quand même insensiblement. Les joueurs du HAC devaient avoir reçu pour mission de marquer d'entrée de jeu, puis de « gérer » le résultat sans trop se fatiguer. Dès le coup d'envoi, ils se précipitèrent en attaque. Les attaquants havrais faisaient un pressing constant sur nos arrières, pour les impressionner et leur faire commettre des fautes. Mais là, nos petits défenseurs firent merveille : sans s'affoler, Aurélien et Baptiste, nos deux arrières latéraux, avaient pris en charge les deux ailiers du Havre. Dès qu'ils récupéraient la balle, ils la passaient rapidement à Bastien, à Raphaël, et surtout à Antonin, dont la présence retrouvée en défense centrale nous donnait confiance. Plus d'une fois, ils durent même l'adresser en retrait à Mickaël, qui n'avait alors pas le droit de prendre le ballon à la main ; mais notre gardien avait été joueur de champ avant de devenir goal, et il relançait l'action sans problème, comme un défenseur supplémentaire.

Les Havrais, un peu agacés de ne pas trouver la faille aussi vite qu'ils l'auraient souhaité, se découvraient de plus en plus. Et c'est là, au bout de dix minutes de jeu environ, qu'Artun effectua une de ces interceptions dont il avait le secret, surgissant comme un diable d'une boîte. Il prit à peine le temps de lever la tête : j'étais là, démarqué sur sa droite, juste au-delà du rond central. Les actions du football sont très rapides ; mais quand on joue, on les vit si pleinement que l'on pourrait ensuite les disséquer comme un film au ralenti. Pendant que le ballon passé par Artun se dirigeait vers moi, je me souviens d'avoir eu une seconde d'hésitation. Fallait-il le bloquer, calmer le jeu, pour montrer aux Havrais notre maîtrise ? ou valait-il mieux tenter autre chose ? Mais l'instinct fut le plus fort. Sans contrôler le ballon, je le glissai loin devant, de l'intérieur du pied, entre les deux défenseurs centraux du Havre. Un frisson délicieux me parcourut l'échine quand je vis que Romain avait pressenti l'action. Avec ces deux secondes d'avance qui font toute la différence, il avait démarré. Le libero du Havre tenta un méchant tacle par derrière qui ne fit qu'effleurer la semelle de notre avant centre : il était passé !

Il lui restait toutefois à faire ce que l'on considère à tort comme le plus facile, alors que c'est souvent le plus dur : se retrouver face à face avec le gardien adverse. Le goal du Havre avait bien joué le coup, s'avançant pour réduire l'angle tout en demeurant à la limite de sa surface, afin de pouvoir se servir de ses mains. Mais Romain fut plus habile encore. L'espace d'un instant, il feignit de tenter le lob au-dessus du gardien, obligeant ce dernier à se détendre en extension. Mais déjà, Romain était parti en un court crochet sur la droite, et le goal havrais ne put qu'accompagner le ballon au fond de ses filets.

Un peu incrédule, le préposé au tableau d'affichage inscrivit : Visiteurs : 1 – HAC : 0. Sur le banc de touche Christian nous faisait signe de ne pas nous perdre en embrassades, et de reprendre nos places au plus vite. Ses conseils étaient pour une fois superflus. Nous avions bien le sentiment que ce qui venait de se passer tenait un peu du miracle : une seule action offensive, et un but à la clé ! Nous n'eûmes d'ailleurs guère l'occasion de revenir dans le camp havrais jusqu'à la fin de la mi-temps. Mais la chance demeurait avec nous. Mickaël boxait la balle en corner, Antonin la déviait de la tête. Et puis surtout, au lieu de dégager à l'aveuglette, l'équipe entière, recroquevillée sur sa moitié de terrain, faisait circuler le ballon en passes courtes dès qu'elle le récupérait, et cette tactique gênait considérablement nos adversaires. Elle nous permettait par ailleurs de gagner un temps précieux. Nous atteignîmes ainsi la mi-temps sur ce score flatteur de 1 but à 0.

Au vestiaire, Christian se voulut très calme :

– Vous continuez comme ça les gars. Mais je voudrais quand même un peu plus de contre-attaques, quand vous récupérez le ballon.

– On essaye bien ! lui répondit Romain. Mais depuis qu'on a marqué, c'est une autre paire de manches !

– Je sais, reprit Christian. Ils ne vont pas se laisser surprendre cinquante fois. Et puis, vous pouvez être sûrs qu'ils vont remettre deux titulaires dans leur équipe pour la seconde mi-temps. Mais si on ne fait que défendre, on ne tiendra pas !

Jamais je n'avais vu une telle fumée noyer

nos vestiaires. Nous avions réellement mouillé le maillot rouge de Saint-Vincent durant cette première mi-temps, et la chaleur du vestiaire succédant au froid du stade nous plongeait dans une atmosphère aussi irréelle que notre situation au score.

Le début de la seconde mi-temps nous ramena à la réalité. Conformément aux prédictions de Christian, l'entraîneur du Havre avait fait rentrer deux redoutables attaquants titulaires, et c'était désormais une équipe quasi complète que nous affrontions. Tout de suite, je me tournai vers Christian pour lui signifier notre impuissance : il n'y aurait pas beaucoup de contre-attaques !

Au contraire, Romain et moi fûmes vite contraints de reculer d'un cran, et de venir nous aussi « au charbon », défendre sans relâche sous la pression des Havrais. Mais par miracle, nous tenions. Par miracle. Deux fois, la barre transversale suppléa Mickaël, battu par les tirs des nouveaux attaquants du HAC. Il fallut concéder une dizaine de corners en une demi-heure, et à chaque fois, Mickaël de ses bras, Antonin de la tête, durent réaliser des prodiges pour dégager. Toutes les cinq minutes, l'un de nous interrogeait Christian du regard. Il nous indiquait le temps qui nous restait à jouer, et il nous semblait que les aiguilles n'avançaient pas. Nous arrivions cependant à faire surnager dans la tempête les principes qui avaient fait notre force : pas de dégagements n'importe où, qui voient la balle revenir aussi vite qu'elle est partie, pas de brutalités qui occasionnent à chaque fois des coups francs redoutables. Mais dans les dix dernières minutes, malgré notre bonne volonté, tout vola en éclats. Les Havrais sautaient plus haut, couraient plus vite, et nous étions complètement dépassés.

Antonin lui-même, qui avait constitué le rempart héroïque de l'équipe durant tout le match, perdait sa lucidité. A cinq minutes de la fin, débordé par l'avant-centre havrais qui venait de le crocheter et allait se retrouver seul devant Mickaël, il l'abattit en pleine surface de réparation, d'un tacle glissé par derrière qui ne lui ressemblait pas.

Le penalty était indiscutable. Le joueur havrais se fit justice lui-même, d'un tir puissant à mi hauteur que Mickaël, pourtant parti du bon côté ne fit qu'effleurer. Un partout !

Il restait trois minutes à jouer, et notre épuisement physique, augmenté par la déception de cette égalisation tardive, nous interdisait d'espérer quoi que ce soit de la prolongation. Mais l'entraîneur havrais commit une grosse erreur. Lui non plus ne souhaitait pas la prolongation, à cause de ce match de championnat important qui attendait ses joueurs deux jours plus tard. Aussi, persuadé de notre complet anéantissement, leur fit-il signe d'attaquer à tout va. Steve, notre demi offensif, n'avait guère eu l'occasion de s'illustrer jusqu'alors. Sur un renvoi hasardeux d'Antonin il se retrouva en possession du ballon dans le rond central. Romain et moi étions bien loin, repliés en défense, et il était sur le point de temporiser, aucune solution offensive ne se présentant, quand il sentit glisser sur sa droite une flèche rouge. C'était Artun, bien sûr. Aucun autre d'entre nous n'aurait eu la ressource de se lancer dans un sprint éperdu à ce moment du match.

Cette fois, le gardien du Havre ne se laissa pas déborder. Quand il se sentit pris de vitesse sur sa gauche par le débordement de notre feu follet, il sauta désespérément sur lui, le plaquant à la taille, comme eût fait un rugbyman.

Pas plus que deux minutes auparavant, l'arbitre n'hésita. Penalty à nouveau. C'était une chance extraordinaire de faire ainsi basculer le résultat en notre faveur, juste à la fin du match. Mais sur le coup, cette chance nous terrorisa. Quelle responsabilité ! A l'entraînement, un penalty c'est facile. Pour ma part, je les rentrais presque tous, du plat du pied, à ras de terre, sur le côté. Mais là, dans ce stade glacial, à la dernière minute, devant un gardien de talent, il y avait de quoi trembler. Nous nous consultions les uns les autres, indécis. Un peu nerveux, l'arbitre nous fit signe de nous décider.

Je finis par m'avancer. Romain me donna une petite tape dans le dos. J'avais davantage l'impression d'être un condamné le jour d'une exécution capitale que celle de jouer au football. Le goal du Havre, pour m'agacer, vint aplanir une motte de terre, à côté du point de penalty. Je lui tournai le dos pour ne pas réagir. Puis le coup de sifflet résonna, tout grêle dans le stade désert. Dans ces circonstances exceptionnelles, fallait-il changer de tactique, et tirer en force ? Mais non. Au dernier moment je me ravisai, me répétant intérieurement pendant les quatre foulées d'élan : « le même, le même que d'habitude. » Le même : intérieur du pied, à ras de terre, sur ma gauche. Avais-je tiré un peu moins fort qu'à l'accoutumée ? Il me sembla que le ballon n'en finissait pas de terminer sa course. Le gardien havrais s'était détendu. Je vis tout de suite que, malgré son plongeon spectaculaire, la balle serait hors de sa portée. Mais une fraction de seconde, j'eus la certitude qu'elle allait sortir. Il n'en fut rien, et la chance devait décidément nous accompagner jusqu'au bout, ce jour-là. Le ballon heurta l'intérieur du poteau gauche, et pénétra dans la cage. Ces quelques secondes avaient duré en moi un temps infini.

Presque honteux d'avoir gagné ainsi contre cette équipe prestigieuse, sur son propre terrain, nous attendîmes de regagner nos vestiaires pour manifester complètement notre joie. Mais là, les chants et les hourras refoulés éclatèrent de plus belle. Saint-Vincent-des-Bois élimine le HAC ! Quand le car quitta la ville, il nous sembla que les torchères du Havre flambaient en notre honneur.

# L'aventure de la Coupe

L entement, les cheveux de Romain repoussaient. Très lentement, la vie d'Artun reprenait des couleurs. Pour moi, les choses changeaient doucement. Peu à peu, les profs du collège, à la suite de M. Fournier, qui m'avait chaleureusement défendu aux différents conseils de classe, me voyaient d'un autre œil. Mlle Langlois m'avait mis la meilleure note au dernier contrôle d'histoire. En anglais, j'étais l'un des seuls à oser prendre la parole dans la langue de Shakespeare. Seules les maths me demeuraient étrangères, mais j'avais bon espoir quand même d'obtenir mon passage en seconde.

Par ailleurs, le départ de Jeremy pour une

boîte privée de Brétigny avait donné un grand souffle d'air frais. Aux récrés, à la sortie des cours, nous nous retrouvions souvent à cinq ou six. Il y avait Artun et Romain, Baptiste, Antonin, quelques autres parfois. Caroline et sa copine Mélanie se joignaient à nous. Il n'était pas question de « sortir ensemble », mais simplement de discuter, de rappeler quelque anecdote, ou de singer les profs. Avec les premiers jours un peu plus longs, nous avions pris l'habitude d'acheter en sortant du collège un paquet de gâteaux, une bouteille de Coca. Quand il pleuvait, nous allions les déguster sous le kiosque à musique, dans les jardins de la mairie. Mais lorsque le soleil était au rendez-vous, c'était meilleur encore de s'asseoir au bord de la Risle, à côté des tennis.

Au début de l'année, j'avais cru renoncer pour toujours au football de haut niveau. Mais à l'approche des vacances de Pâques, un événement inespéré allait tout changer. C'était un jeudi soir. Nous devions aller à l'entraînement à 18 heures, mais Christian, piaffant d'excitation, était venu nous prévenir à la sortie du collège :

– Artun, Romain, Stéphane, venez là !
J'arrive d'une réunion à la ligue. Vous êtes
pris tous les trois dans le stage pour former
l'équipe de Normandie !

Il s'arrêta un instant pour juger de l'effet de
ses paroles. Les yeux brillants d'émotion,
nous nous regardions sans rien dire, à la fois
très heureux, et aussi un peu déçus pour
Antonin, voire Mickaël, qui, après tout...
Mais Christian nous rappelait déjà combien
nous avions eu de chance :

– Croyez-moi, ça n'a pas été du gâteau.
Vous devez une fière chandelle au conseiller
technique régional, qui vous a vus jouer au
Havre, l'autre jour ! Sinon, avec le refus de
Stéphane l'an dernier, et les problèmes de
Romain à Sochaux, vous n'emballiez pas
grand-monde. Mais c'est le match du Havre
qui a tout changé. Le conseiller a dit que
c'était juste ça qu'il lui fallait : des joueurs
capables de jouer à une touche de balle.

Et plus bas, avec un petit air gourmand, il
ajouta :

– Je ne veux pas m'avancer, mais je crois
qu'il a bien envie de vous mettre tous les trois
dans l'équipe de base !

Ce dernier commentaire nous semblait un peu énorme : nous allions être en concurrence avec tous les stagiaires du Football Club de Rouen et du Havre AC. Alors, que l'un de nous trois soit pris comme douzième homme, c'était du domaine du possible, mais tous les trois titulaires ! Christian avait un enthousiasme un peu débordant, ces derniers temps, surtout depuis que nous avions gagné trois matchs de championnat, nous replaçant aux deux tiers du classement !

Nous n'avions rien à perdre, et c'est ainsi que nous vécûmes ce stage d'Houlgate, sans stress particulier, mais avec le plaisir de nous retrouver tous les trois dans la même chambre, et de cimenter notre nouvelle amitié par des vacances pascales au bord de la mer. Il faisait beau, un phénomène pas si fréquent à ce moment de l'année en Normandie. Bien sûr, Artun avait toujours de longs silences, où ni Romain ni moi n'osions entrer. Mais avec beaucoup de football, de rires, d'amitié, nous pouvions souffler un peu sur sa peine, sans pour autant rêver de la voir s'envoler. A Houlgate, l'entraînement bi-quotidien nous prenait certes une bonne partie de notre temps, mais le conseiller régional, M. Oumchick, avait l'intelligence de ne pas nous imposer un travail physique trop épuisant, de nous laisser vivre notre vie d'adolescents. De fait, des rapports de camaraderie s'installèrent assez vite entre les stagiaires. Romain, Artun et moi faisions un peu figure de petits-paysans-qui-venaient-de-leur-bled, mais les plaisanteries qui couraient à ce sujet restaient bon enfant. D'ailleurs, nous n'étions pas les seuls à avoir joué dans une équipe de village : la seule différence était que les autres avaient choisi par la suite les couleurs d'un grand club.

Au début de l'après-midi, au lieu de traîner dans nos chambres ou de faire la sieste, nous avions pris l'habitude d'aller vagabonder au pied des falaises des Vaches Noires. Ces énormes rochers couverts de varech constituaient un paysage saisissant. On y accédait en longeant la mer, après la digue et la promenade. En quelques hectomètres, on oubliait la tranquillité balnéaire d'Houlgate, le côté allées digestives-casino, pour se retrouver dans un endroit sauvage. Nous y partions en bande, de plus en plus nombreux chaque jour. Là-bas, nous chahutions comme des gamins, grimpant sur les rochers, sautant dans les flaques d'eau, traquant les coquillages. C'est là je crois que commença à naître vraiment notre équipe de Normandie. Là, et puis dans ces soirées autour d'une guitare qui remplacèrent dès le second jour de stage les images en conserve du magnétoscope. Christophe, le gardien de but de Rouen, avait apporté sa « gratte ». Au début, il s'était fait chambrer par certains, qui trouvaient que ça faisait un peu « boy-scout » ou « colonie de vacances ». Mais très vite, les chansons de Christophe, reprises en chœur, reléguèrent les walkmans au fond des placards C'était un répertoire hétéroclite, qui passait des vieilles chansons de Le Forestier aux tubes des Beatles ou aux succès de Goldman ou de Sting. Nous ne savions pas tous les mêmes, mais chacun en connaissait au moins quelques-unes. Et puis nous avions le sentiment d'être ensemble, de partager une aventure. M. Oumchick, imbattable pour les chansons de Le Forestier, venait s'installer avec nous. Il nous semblait que, coupe nationale des cadets ou pas, nous avions déjà gagné quelque chose.

Sur le terrain, les préceptes du conseiller régional ne nous changeaient guère de ce que nous entendions à Saint-Vincent, dans la bouche de M. Fournier ou dans celle de Christian.

– La coupe des cadets, nous disait M. Oumchick, c'est une compétition très spéciale. On n'a pas beaucoup de temps pour la préparer, l'équipe qui gagne n'est pas forcément celle qui contient les meilleures individualités, mais celle qui a profité du stage de Pâques pour prendre un style, se trouver des automatismes. Je ne veux pas vous écœurer de boulot, mais vous donner le plaisir de jouer ensemble.

Pour Artun, Romain et moi, c'était bien un plaisir de jouer avec des partenaires très fins techniquement, qui saisissaient toutes les intentions, les démarquages. A Saint-Vincent, Christian m'appelait « Zidane », et on nommait communément Romain « Platini ». A Houlgate, la correction d'Artun, ses interceptions et ses courses inlassables lui valurent le surnom de « Deschamps », décerné par le conseiller régional lui-même.

Les énormes progrès réalisés par Artun

comptèrent beaucoup, je crois, dans notre titularisation. M. Oumchick avait visiblement envie de nous faire jouer tous les trois ensemble, car c'est seulement ainsi que notre efficacité était indiscutable. Mais donner trois places à des joueurs de Saint-Vincent-des-Bois, malgré l'optimisme de Christian, cela paraissait fou !

Cette période délicate qui devait précéder la sélection finale fut très différente de ce que j'avais pensé. J'imaginais entre les élus possibles des silences, des petites jalousies, des rancœurs. Après tout, c'était une part importante de notre vie de footballeur qui se jouait là. Mais l'amitié d'Houlgate changea tout. Dans un tel tourbillon de camaraderie, il n'était plus question d'attendre une décision en tremblant, mais de vivre, tout simplement. Et quand Artun, Romain et moi apprîmes notre sélection pour le premier match, notre premier mouvement, avant la joie, fut d'aller consoler nos concurrents du Havre et de Rouen. M. Oumchick, sentant le dynamisme et l'unité de notre groupe, avait d'ailleurs finement joué le coup : nous devions jouer la première rencontre de la phase préliminaire mais pas la seconde. En nous prévenant de tout cela à l'avance, il préservait l'équilibre et l'entente de l'équipe, qui demeurèrent au beau fixe jusqu'au début de la compétition.

Le premier match de la phase préliminaire se déroula comme dans un rêve. Nous affrontions la ligue du Nord, dont les joueurs avaient la réputation justifiée d'être des teigneux, des durs à cuire. Sur le stade d'Abbeville, ils nous saisirent à la gorge dès le coup d'envoi, effectuant un pressing inlassable. Mais la défense de Normandie tint bon. Christophe réalisa quelques arrêts prodigieux. Et en deuxième mi-temps, nous commençâmes à trouver des ouvertures en milieu de terrain. Deux fois, j'eus l'occasion de lancer Romain dans d'excellentes conditions. Il en convertit une en but, ajoutant même un coup franc dans la lucarne en fin de match. 2 à 0! Le parcours normand commençait bien.

Pour le second match, Romain, Artun et moi devînmes spectateurs, comme convenu, et ce fut plus éprouvant pour les nerfs. La Normandie vint à bout de la ligue d'Atlantique en marquant le seul but du match à la quatre-vingt-huitième minute, sur le stade du Mans.

Pour nous retrouver en demi-finale, il ne nous restait plus qu'à affronter le Centre, sur le stade de Laval. Ce fut notre match le plus facile. Romain et Cédric, l'ailier droit du Havre, s'en donnèrent à cœur joie, marquant quatre buts pendant que notre défense n'en concédait qu'un.

M. Oumchick nous avait bien demandé, comme Christian, de ne pas nous montrer trop démonstratifs dans le succès. Mais ce jour-là, Christophe sortit quand même sa guitare dans le vestiaire, juste après la douche. *J'irai au bout de mes rêves :* la chanson de Goldman était à l'unisson de nos espoirs.

Ces trois matchs s'étaient déroulés coup sur coup. Il nous fallut par contre attendre quinze jours pour aller jouer la demi-finale, au stade de la Meinau, à Strasbourg, contre la Méditerranée. Un déplacement beaucoup plus long, un enjeu qui devenait plus important également : si nous avions vécu les premiers tours avec une belle insouciance, la possibilité d'un grand résultat commençait à nous trotter dans la tête. Le samedi soir, veille du match, tout le groupe prit un plaisir à déguster des tartes flambées au restaurant du

Pont Saint-Martin, dans la Petite France. Mais nos rêves, cette nuit-là, ne mettaient pas en scène les curiosités touristiques de Strasbourg.

M. Oumchick avait joué le jeu jusqu'au bout : pour ce quatrième match, Artun et moi n'étions pas titulaires. Il avait juste pris Romain comme remplaçant, le genou de Cédric ayant donné des signes d'inquiétude. Nous assistâmes donc à la rencontre dans les tribunes, la gorge nouée. Le risque était grand de voir se terminer là notre belle aventure : l'équipe de la Méditerranée avait une grosse réputation, les clubs professionnels étant nombreux dans cette ligue. Le joli mai avait oublié de briller sur l'Alsace ; sous un déluge continuel, les vingt-deux acteurs vendirent chèrement leur place en finale. Cédric ayant dû céder sa place à la soixante-quinzième minute, Romain le remplaça. Les deux équipes exténuées semblaient se diriger vers la prolongation. Mais sur un dernier corner, Romain eut un de ces réflexes dont il était coutumier : au lieu de tirer au but de la tête, à angle fermé, il remisa la balle en arrière, à hauteur du point de penalty. La reprise de volée du demi de Rouen Nicolas fusa sous la barre : la Normandie était en finale !

Cette fois, nous pouvions laisser exploser notre joie. Le long retour en car fut nettement plus bruyant que les précédents. Pour Artun et moi, qui n'avions pas joué cette demi-finale, c'était inespéré : nous allions retrouver l'équipe de Normandie ! M. Oumchick me prévint cependant tout de suite : Nicolas, qui avait tenu un rôle décisif contre la Méditerranée, jouerait la première mi-temps de la finale, et je le remplacerais ensuite.

Notre enthousiasme monta encore d'un cran quand nous apprîmes où cette fameuse finale allait se dérouler quinze jours plus tard : au stade Geoffroy-Guichard, à Saint-Étienne dans « l'enfer des Verts » ! Les Verts, ces héros qui avaient tant marqué la fin des années soixante-dix, et dont nos pères parlaient toujours avec émotion et nostalgie ! Revelli, Larqué, Curkovic, Rocheteau : sans les avoir vus jouer, nous connaissions ces grandes figures de l'histoire du football français, qui avaient failli battre le Bayern de Munich en finale de la Coupe d'Europe. Nous avions tous entendu vanter l'ambiance extraordinaire du « chaudron de Geoffroy-Guichard ». L'idée de jouer là nous fascinait et nous terrorisait en même temps. Les deux semaines qui nous séparaient de la finale nous semblèrent durer des mois. Christian avait retrouvé une cassette vidéo d'un Saint-Étienne-Liverpool de la grande époque, et nous l'avait passée le mercredi après-midi au club-house de Saint-Vincent. En regardant ces images titanesques, Artun, Romain et moi avions plus envie de prendre la fuite que de déborder d'enthousiasme !

Le jour de la finale de la Coupe nationale des cadets, le « kop » stéphanois était heureusement moins bondé que pour les matchs de Coupe d'Europe. Mais il y avait quand même quatre à cinq mille spectateurs, pour la plupart de simples amateurs de bon football. Les supporters normands étaient une poignée. M. Oumchick avait emmené Christian avec nous dans le car, et la présence de notre entraîneur nous rassurait et nous motivait à la fois. Un peu plus nombreux se comptaient les supporters de nos adversaires : nous rencontrions en effet l'équipe de Bourgogne, et de nombreux parents des joueurs avaient effectué ce court déplacement.

La Bourgogne ! A travers ce nom se profi-
lait toute une tradition en matière de formation des jeunes, l'image de l'AJ Auxerre et
celle de Guy Roux, son grand manitou.
L'entraîneur d'Auxerre était d'ailleurs là
dans les tribunes, et cela m'avait donné un
coup au cœur quand je l'avais aperçu.
J'aimais bien son style de gros ours tendre,
son humour, quand il paraissait à la télé. Un
jour, comme on lui demandait ce qu'il aurait
aimé faire s'il n'avait pas été entraîneur de
football, il avait répondu :

– Instituteur, parce qu'un homme qui passe
sa vie avec des enfants ne peut pas être complètement malheureux.

Et cette réponse m'avait plu.

Pour le reste, nous n'avions pas envie de
faire le moindre cadeau aux Bourguignons.
Le match avait lieu en soirée. A 20 heures, il
ne faisait pas encore nuit en cette douce journée du mois de mai. Mais quand les projec-
teurs s'allumèrent, installant une pénombre
bleue autour du stade, quand la voix du spea-
ker officiel s'éleva, nous sentîmes bien que
c'était un grand jour.

– Finale de la Coupe nationale des cadets,

challenge Lucien-Poinsignon, opposant la ligue de Normandie à la ligue de Bourgogne. Voici la composition des équipes…

Certes, il n'y eut pas de salve d'applaudissements à l'énoncé des noms des joueurs, mais quelle émotion de les entendre prononcer dans ce stade historique !

Pour moi, la première mi-temps fut un calvaire. M. Oumchick m'avait fait signe de garder mon calme pour la suite des opérations, mais lui-même se montrait beaucoup plus nerveux que d'habitude. Tout de suite, la rencontre avait pris un rythme remarquable. Les deux équipes évoluaient dans le même esprit, avec un jeu collectif soutenu par une bonne technique. Les spectateurs manifestaient leur enthousiasme, et c'est vrai que le spectacle était sans doute de qualité. Mais pour ma part, je n'en vivais que le suspense insoutenable. Plus d'une fois, les attaques d'Artun, de Nicolas, de Michel ou de Romain échouèrent d'un rien. Plus d'une fois, Christophe dut à son tour sauver la Normandie devant les attaques bourguignonnes. Mais rien ne fut marqué. Au repos, M. Oumchick, contraignant sa fébrilité, se montra très sobre dans ses commentaires et ses encouragements. Chacun restait concentré, convaincu qu'il fallait continuer ainsi, mais que cela ne suffirait peut-être pas.

Je m'étais échauffé bien avant la fin de la première mi-temps. Rentrer sur le terrain fut pour moi une délivrance. Nicolas m'avait gentiment transmis le relais avec une petite tape amicale – il allait falloir se montrer à la hauteur. Cette deuxième période commença pourtant très mal pour nous. Un peu de précipitation dans notre défense, un ballon dégagé inutilement en corner. Comme par hasard, ce sont toujours les corners concédés ainsi qui donnent un résultat. Sur le shoot rentrant de l'ailier bourguignon, Christophe ne put que boxer la balle dans les pieds d'un adversaire. 1 à 0 contre nous !

Ce but d'entrée fut peut-être notre chance. Comme c'est souvent le cas pour une équipe qui mène au score, la Bourgogne commença à jouer plus défensivement, à gagner un peu de temps sur les dégagements ou les remises en touche. Bien sûr, le rideau défensif qui se dressait devant nous n'en était que plus compact, mais nous avions plus souvent la balle, et à force de la faire tourner, nous en fîmes bon usage. Contre une équipe aussi solide, il ne suffisait pas toutefois d'effectuer de bonnes passes. Il fallait aussi créer le surnombre, faire la différence en dribblant un adversaire. Dans ce registre-là, j'étais à l'aise, et m'étais fait une spécialité du petit pont, ce geste technique assez magique. Quand un défenseur vous attaque de face, il y a une fraction de seconde où ses jambes s'entrouvrent assez pour qu'on puisse y glisser le ballon. Pour peu qu'on ait un peu de champ libre derrière, c'est un dribble très efficace, qui laisse l'adversaire sur place. A la cinquante-sixième minute, décalé sur l'aile droite, juste à côté du poteau de corner, je réussis le petit pont le plus audacieux de ma jeune carrière. L'arrière gauche bourguignon ne put que me voir filer le long de la ligne de but, puis centrer en retrait pour Artun qui arrivait comme un fou et tira sans contrôle, à ras de terre. Le gardien avancé ne pouvait rien faire. 1 partout !

Dès lors, la partie s'équilibra bien davantage, atteignant un excellent niveau. Sur une attaque bourguignonne, Artun intercepta, et me sollicita sur la droite. L'arrière gauche attendait pour m'attaquer, n'ayant nulle envie de se voir infliger un second petit pont. Derrière lui, toute la seconde moitié du terrain était dégagée.

Cette fois, je sentis que c'était le grand pont qu'il fallait tenter : faire passer la balle d'un côté du joueur adverse, et passer soi-même de l'autre côté. Le défenseur bourguignon resta médusé. J'avais envoyé la balle un peu loin en profondeur. Je me lançai dans un sprint éperdu, mais le goal s'était précipité lui aussi. Je le devançai d'un souffle, écartant le ballon de l'extérieur du pied gauche en direction de Romain, qui résista à la charge du libero, et glissa le cuir dans la cage vide. 2 à 1 pour la Normandie !

Le gardien de but m'avait violemment chargé sur cette phase de jeu, et c'est en boitillant que je terminai la rencontre, trente-six chandelles dans la tête, et l'impression de courir sur un nuage. Nous avions gagné ! Toute l'équipe du stage d'Houlgate au complet se retrouva sur la pelouse de Geoffroy-Guichard pour un tour d'honneur vibrant d'émotion. Les cinq mille spectateurs, debout, nous applaudissaient comme vingt mille, surtout quand nous vînmes chercher les cadets bourguignons pour qu'ils partagent cet instant avec nous.

Au moment de prendre la coupe, pendant que Christophe, le capitaine, s'en saisissait le premier, Guy Roux, s'adressant à Romain, Artun et moi, lança :

– Ça vous plairait, de venir à Auxerre ?

Et devant nos regards à la fois émerveillés et prodigieusement intimidés, il eut un hochement de tête qui signifiait : « On en reparlera ! »

Pour l'heure, nous avions un grand moment à déguster avec les nôtres. Au banquet du soir, quand Christophe entonna *J'irai au bout de mes rêves*, plus d'un d'entre nous sentit sa voix flageoler, avec une petite boule dans la gorge.

Et quand l'envoyé de *Paris-Normandie* vint demander à M. Oumchick le secret de notre victoire, il s'entendit répondre, un peu abasourdi :

– Une guitare !

# Le dernier tir au but

Pendant deux mois, notre aventure avec l'équipe de Normandie nous avait souvent éloignés de Saint-Vincent. Artun, surtout, éprouvait des remords à l'idée d'avoir abandonné les siens en cette période douloureuse. Mais sa mère, mieux que moi, avait réussi à le persuader qu'il fallait absolument saisir la chance qui s'offrait à lui de réussir dans le football – et je crois surtout que pour rien au monde elle n'aurait voulu le voir travailler à son tour dans la forêt.

L'équipe de Saint-Vincent avait joué quelques matchs sans nous, et ne s'en était pas mal tirée. En championnat, nous avions terminé presque au milieu du classement, assurant sans problème notre maintien en promotion d'honneur. Restait la Coupe de Normandie, ultime objectif de cette saison si contrastée. Deux équipes semblaient sur le papier hors de notre portée. Nous avions eu la chance d'éliminer la première, le Havre AC, avec beaucoup de réussite, et devant une formation incomplète. Mais, décidément, la chance continuait à nous poursuivre, puisque le tirage au sort nous avait évité la seconde, le FC Rouen, avant la finale. En demi-finale, nous avions retrouvé sur notre route l'équipe de Brétigny, et la rencontre remportée 3 à 0 par Saint-Vincent, n'avait pas eu grand-chose à voir avec notre premier match de la saison contre la même formation. Jeremy, qui était venu avec sa nouvelle conquête féminine dans l'espoir de nous voir perdre, s'était esquivé avant la fin.

Il nous restait la finale contre Rouen. Ce match-là, nous n'avions qu'une chance minime de le gagner, mais nous y tenions plus que tout au monde. D'abord, ce serait une grande fête, quel que soit le résultat. Le match devait avoir lieu sur le stade de Bernay, à vingt kilomètres à peine de Saint-Vincent. Tout le bourg ou presque allait se déplacer. Nos camarades de collège, Caroline et Mélanie en tête, avaient préparé des banderoles multicolores que M. Travers avait vues fleurir avec plus de plaisir que les tags. Michel avait prévu de revenir de Caen ce week-end-là pour m'encourager, et chacun des joueurs avait sollicité le ban et l'arrière-ban de sa famille. Même Mme Halic s'était laissé convaincre, et mes parents devaient l'emmener avec eux.

A l'entraînement, il était un peu tard pour insister sur la condition physique, mais M. Fournier vint prêter main-forte à Christian pour des séances spécifiques : combinaisons sur les corners et les coups francs, tirs au but, enchaînements de passes en situation offensive, entraînement du gardien… Aux quatre coins du stade, sous le chaud soleil de cette fin de mois de mai, nous préparions dans la joie ce grand rendez-vous. La presse locale avait abondamment commenté nos succès avec l'équipe de Normandie. De nouveaux joueurs, attirés par cette publicité inattendue, s'étaient présentés au club, et Christian en était ravi, car beaucoup d'entre nous allaient devenir juniors, et il voyait se profiler à l'horizon une nouvelle génération de bons cadets. Les deux derniers arrivés, Cyril et Benoît, avaient montré de réelles qualités d'avant-centre et de « numéro dix », et Christian espérait qu'ils pourraient nous remplacer, Romain et moi. Bref, plus qu'une épreuve, cette finale se présentait pour nous comme une espèce de couronnement, une grande réjouissance en perspective : un lunch somptueux, en compagnie de nos adversaires de Rouen, avait été prévu par la mairie de Saint-Vincent, dans notre club-house, après le match !

Le beau temps était resté de la partie. Après la finale disputée en nocturne dans le « chaudron » de Saint-Étienne, le pimpant petit stade de Bernay, baigné par le soleil d'un après-midi presque estival, avait un air de vacances. Les tribunes étaient bondées. Le père Chicard et Popaul Lechanois, Gitane maïs au coin des lèvres, égayaient les spectateurs de leurs bons mots. Le long de la main courante, au-delà de la piste d'athlétisme, d'autres supporters, debout, composaient une sorte de ronde bon enfant. On était venu encourager les « petits » de Saint-Vincent, sans grande illusion cependant de les voir défaire l'ogre rouennais.

Si l'idée du match avait été une réjouissance, la rencontre par elle-même fut la plus
éprouvante que j'aie jamais disputée. Elle
avait commencé pourtant par une poignée de
main sympathique : Christian m'avait donné
le brassard de capitaine, et j'avais échangé les
fanions avec mon ami Christophe, capitaine
et goal de Rouen, notre guitariste préféré !
Mais cette petite douceur passée, le Rouen
FC commença d'emblée à nous faire souffrir.
C'était beaucoup plus dur que contre Le
Havre, au premier tour. D'abord, l'équipe de
Rouen était au complet, toute composée de
stagiaires apprentis-professionnels. Ensuite,
près de la moitié des joueurs avaient fait partie de l'équipe de Normandie. C'est dire s'ils
connaissaient nos ruses, nos combinaisons
secrètes. Romain et moi, notamment, étions
complètement neutralisés, « marqués à la
culotte » par un arrière qui ne nous quittait
pas d'un pouce. Artun était évidemment un
peu plus libre, mais il devait surtout se livrer à
des tâches défensives, et nos supporters, pendant une demi-heure, n'eurent guère l'occasion de nous encourager.

Notre défense, heureusement, avait entamé

le même genre de match héroïque que contre les Havrais. Mickaël brillait dans sa cage, puis dégageait à la main, avec beaucoup de précision, pour éviter que le ballon ne revienne trop vite. La « tour de contrôle », Antonin, restait fermement plantée au point de penalty, surgissant pour venir en aide à Baptiste, Aurélien ou Raphaël, dès qu'ils étaient débordés.

Par miracle, sur une de nos rares contre-attaques, Romain fut retenu par le maillot à quelques mètres de la surface de réparation. C'était « son » côté, le gauche, le meilleur pour un droitier. Christophe plaça le mur de ses défenseurs avec beaucoup de soin, mais le coup franc de Romain fut magnifique ; une frappe de l'intérieur du pied, légèrement enveloppée, qui semblait devoir sortir, mais finit sa course dans la lucarne du gardien rouennais. 1 à 0 pour nous, c'était inespéré bien sûr, mais cela venait aussi bien tôt dans le match. Le charivari de crécelles, de trompettes, le déploiement de banderoles des supporters de Saint-Vincent nous fit chaud au cœur, mais nous parut en même temps trop appuyé pour la situation.

De fait, les Rouennais égalisèrent avant la mi-temps, dans un silence de mort, sur une frappe lourde de vingt mètres détournée par Baptiste, qui prit Mickaël à contre-pied.

C'est là que les difficultés s'accentuèrent. Durant toute la deuxième mi-temps, nous fûmes complètement ballottés, dépassés par la condition physique de nos adversaires. Christian nous avait surtout demandé, dans les vestiaires, de garder coûte que coûte nos habitudes collectives. Mais il nous fallait courir dans le vide, et c'était épuisant. Le temps tournait cependant. Un peu incrédules, nous vîmes l'arbitre siffler la fin du temps réglementaire sur le score de 1 à 1.

– On va avoir du rab, j'aime ça ! lança Popaul Lechanois.

Il était bien le seul ! Par bonheur, les joueurs de Rouen commençaient eux aussi à se ressentir de leurs efforts. La prolongation ne fut qu'une parodie de football, entrecoupée d'arrêts de jeu pour des crampes à répétition. Nous finîmes tous le match chaussettes baissées, ce qui est toujours l'indice d'une grande fatigue chez les footballeurs. Mais nous avions tenu ! Et il allait falloir en venir à la terrible épreuve des tirs au but, si injuste pour désigner un vainqueur, mais quand même tellement plus satisfaisante que le tirage au sort !

Christian nous réunit dans le rond central :

– S'il y a plus de cinq volontaires pour tirer, je ferai un choix, mais sinon, c'est à vous de prendre vos responsabilités.

Pour le goal, la séance de tirs au but est une occasion de se mettre en vedette : s'il en arrête un, c'est un exploit. Mais pour les autres joueurs, c'est plutôt un cauchemar : marquer, c'est normal, et rater, c'est terrible. Un jour, dans une librairie, j'avais vu un livre qui s'intitulait *L'Angoisse du gardien de but au moment du penalty*, et j'avais trouvé ce titre idiot : c'est le tireur qui a peur, pas le gardien !

Christian ne risquait pas d'avoir à choisir. Assis dans l'herbe, nous nous regardions. Je finis par lever timidement la main : mon expérience et mon brassard de capitaine m'obligeaient à prendre cette responsabilité. Antonin, Baptiste, Artun et Romain se proposèrent ensuite, avec un air d'accablement qui en disait long sur leurs pensées.

L'arbitre choisit un des deux buts, et tous les

spectateurs refluèrent aussitôt dans cette direction. Même le père Chicard en avait perdu ses vannes !

Les cinq tireurs de chaque camp allaient se succéder en alternance, pendant que Christophe et Mickaël se relaieraient dans le but. Le premier tireur rouennais plaça un bolide en force qui laissa Mickaël pétrifié. J'étais un peu anxieux pour Baptiste, qui lui succédait. Il avait été assez malheureux pendant la rencontre, et cela risquait de peser. Mais il marqua sans bavure, en force lui aussi, bien que Christophe ait plongé du bon côté. 1 à 1. Sur le second penalty, Mickaël avait décidé de tenter son va-tout. Il n'allait quand même pas encaisser cinq buts sans bouger ! Le tir à ras de terre de l'ailier rouennais fusa sur la gauche, mais Mickaël s'était détendu : du bout du poing, il détourna le ballon ! Je crus que l'enthousiasme des spectateurs allait nous porter la guigne.

– Bien joué, mon p'tit père ! hurla Popaul.

Christian était resté imperturbable, comme nous. Artun réussit ensuite son tir à mi-hauteur, impeccablement cadré, sans risque inutile. 2 à 1 pour nous. Par contre, Mickaël ne put rien sur le troisième tir rouennais, car il avait plongé du mauvais côté. Mais Antonin nous redonna l'avantage, d'un extérieur du pied droit qui frôla le montant des buts. 3 à 2 ! Malgré moi, je commençais à espérer : Romain et moi avions l'habitude de tirer des penalties, et notre destin était entre nos mains. Aussi ne fus-je pas particulièrement catastrophé par la réussite du quatrième tireur rouennais. C'était le tour de Romain. Je ne sais ce qui se passa dans sa tête – peut-être simplement le fait de savoir que Christophe connaissait ses préférences – mais il plaça un tir complètement raté, qui voulait sans doute être une « feuille morte », mais qui s'envola mollement au-dessus de la barre transversale. Le même exactement que son idole Platini lors de la Coupe du Monde, contre le Brésil ! Mais pour la première fois de sa vie, Romain eût tout donné pour ne pas être comparé ce jour-là à son joueur fétiche. 3 à 3 et tout restait à faire ! Romain se prit le visage dans les mains, pendant qu'Artun et Antonin essayaient de le réconforter. La clameur du public lui fit tourner la tête. Le dernier tireur rouennais venait lui aussi de tirer à côté !

Je soufflai longuement avant d'aller placer ma balle sur le point blanc. Le silence le plus complet était retombé sur le stade. Cette fois, il n'était pas question pour le gardien adverse de venir m'intimider. Au contraire, Christophe s'approcha spontanément pour me serrer la main : chacun avait l'air de s'excuser de ce qui allait se passer ensuite. Christophe me connaissait trop. Je ne pouvais pas placer mon petit tir à ras de terre sur la gauche. De l'autre côté, je ne les réussissais pas toujours, du plat du pied. Alors, tant pis, je tire en force, du cou-de-pied.

C'est un très mauvais shoot, je le sens tout de suite. Mon pied a buté contre la terre. La balle cotonneuse va mourir sur l'intérieur du poteau droit, et Christophe va la saisir. Mais il s'empêtre lui-même dans son plongeon : dans une double détente désespérée, il se reprend, à l'aveuglette. Le ballon rebondit sur son épaule et rentre dans le but.

Ce tir-là, je me le repasserai toute ma vie dans la tête. C'est le plus nul de tous mes tirs. C'est aussi le meilleur.

Le 28 mai, sur le stade de Bernay, le Sporting-club de Saint-Vincent-des-Bois remporta la Coupe de Normandie, par 4 buts à 3 dans l'épreuve des tirs au but.

La suite, on l'imagine sans peine. Ce fut la soirée la plus folle, la joie la plus pure peut-être de toute notre adolescence.

Au lunch, Christian réclama le silence, et fit un petit discours qu'il termina en se tournant vers Romain, Artun et moi :

– Je ne peux m'empêcher de penser aussi avec un peu de tristesse qu'aujourd'hui quelques-uns d'entre vous portaient probablement le maillot rouge et blanc de Saint-Vincent pour la dernière fois.

Quelques petites larmes furent essuyées à la sauvette. Heureusement, Christophe avait apporté sa guitare, et tout finit par des chansons.

# Épilogue

« Un football de rêve. » Anne Matuel, la journaliste du *Réveil* n'y était pas allée de main morte pour qualifier notre exploit, à la une du journal. Le même jour, Artun, Romain et moi reçûmes à la fois les propositions d'Auxerre et de Rouen pour intégrer un centre de formation. Les conseils commencèrent à pleuvoir de tous côtés. Mais nous avions envie d'en parler ensemble, tranquillement, tous les trois, conscients que nos destins devaient désormais rester liés.

Nous nous retrouvâmes donc un beau matin d'été pour une balade en forêt. Après avoir parlé de tout et rien, nous atteignîmes la clairière au-dessus de la ferme du Val Pomerand, si loin par la pensée du jour où je m'y étais rendu avec Artun. Auxerre, bien sûr, c'était tentant. Une grande équipe, un esprit de jeu qui nous convenait bien aussi, et puis la personnalité de Guy Roux planant sur tout cela. Christian et M. Fournier nous avaient encouragés vivement dans ce sens. Mais le Rouen FC avait une équipe en progrès, et nous connaissions bien quelques cadets. Artun n'avait guère envie de s'éloigner trop de sa mère, Romain aucun désir de retrouver ses mélancolies de l'année précédente. La perspective de revenir chez nous tous les quinze jours nous importait beaucoup. Finalement, notre choix pour le FC Rouen fut unanime. Je n'eus même pas besoin d'exprimer la raison qui comptait chaque jour un peu plus pour moi. Mais vous la connaissez bien. Elle s'appelait Caroline.

# Table des matières

# Philippe Delerm

## L'auteur

**Philippe Delerm** est né le 27 novembre 1950 à Auvers-sur-Oise. Ses parents étant instituteurs, il passe son enfance dans des « maisons d'école » : à Auvers, Louveciennes, Saint-Germain. Il fait des études de lettres à la faculté de Nanterre, puis devient professeur de lettres en Normandie. Il vit depuis 1975 dans l'Eure, avec Martine, sa femme, également professeur de lettres et illustrateur-auteur d'albums pour enfants. Auteur d'une vingtaine d'ouvrages destinés à un public adulte dont *La Première Gorgée de bière*, un des plus grands succès d'édition, qui s'est vendu à un million d'exemplaires, et *La Sieste assassinée*.

**Du même auteur chez Gallimard Jeunesse**

FOLIO JUNIOR
*Elle s'appelait Marine*, n° 901

SCRIPTO
*Ce voyage*

Découvre un autre livre
de **Philippe Delerm**

dans la collection

ELLE S'APPELAIT MARINE

n° 901

Entre les soirées à la ferme des Sorno, la pêche et le vélo,
ses visites à sa grand-mère au cimetière de Saint-Jean et le
train-train du collège, la vie de Serge Delmas, élève en 5e,
s'écoulait, paisible et sans histoires. Puis Marine est arrivée, juste avant les vacances de Pâques. La nouvelle
habite au château du Bouscat et son père est peintre. À
Labastide, il y a des commérages… On parle aussi beaucoup de la construction de la centrale. Un référendum est
prévu mais les événements vont bientôt prendre un tour
plus tragique.

Loi n° 49-956 du 16 juillet 1949
sur les publications destinées à la jeunesse
ISBN : 978-2-07-062901-5
Numéro d'édition : 265075
Premier dépôt légal dans la même collection : juillet 2009
Dépôt légal : janvier 2014
Numéro d'impression : 120734

Imprimé en France par CPI Firmin-Didot